ses cadeaux comme si
ventre de Bayangumay
répandit sur ses cuisses.

ger à la marier. On pressa Dyadyu qui fit la sourde
oreille : le fruit était encore un peu vert pour ses dents.
Du coup, le bruit circula que les enfants se voyaient en
cachette et que la fiancée avait perdu son anneau. On
vit alors, dans les lenteurs de Dyadyu, un reproche à
l'amitié silencieuse de Bayangumay et de Komobo.
Sommé de tenir sa promesse, Dyadyu déclara en souriant qu'il n'y aurait nul mérite. Et puisant un peu d'eau
dans le creux de sa main, il demanda au père de Bayangumay : Lequel est pur, compagnon :... cette eau qui
sort à peine de terre, ou cette main qui vit depuis cin-
quante ans ?... depuis sa naissance, je connais chacune
des pensées de Bayangumay, car elle est claire comme
cette eau dans le creux racorni de ma main.

– Aujourd'hui, j'ai entendu une parole intelligente,
dit un membre du Conseil des Anciens ; et, du plat de la
lèvre, il émit un clapotis satisfait.

La première mère de Bayangumay était une femme
secrète, de manières anguleuses et de sang froid, connue pour ne jamais suivre ses propres sentiers. Au
commencement des temps, aimait-elle à dire, il n'y
avait pas de voies tracées sur la terre des hommes, on
ne pouvait se diriger nulle part ; mais là où passèrent les
Ancêtres s'ouvrirent peu à peu des sentiers : et nous y
posons le pied avec gratitude, achevait-elle d'un air
menaçant. Quelques jours avant la date fixée pour le
mariage, Bayangumay soupira longuement et se plai-
gnit en ces termes : On me menace, on vérifie l'anneau

de ma virginité ; or, il y a trois ans que je n'ai adressé la parole à Komobo, et une seule fois j'ai dansé avec lui. La première mère frotta un bâton de citronnier contre ses dents noires, et elle lança avec sécheresse : Justement, c'était une danse de trop ; quand la guenon a grimpé l'arbre pour la première fois, tout le monde a vu que son derrière était nu.

— Depuis toute petite, dit alors l'enfant, je me travaille pour devenir la femme de Dyadyu, et tout ce que je fais m'est imputé à crime : je crie honte à vos pensées.

La mère l'examina d'un œil sec et dit :

— Veux-tu donc entrer en procès avec les Ancêtres ?

— Non, dit Bayangumay.

— Alors souviens-toi que nous tous vivants sommes animés par ceux d'en bas ; ainsi de toi, la réincarnation de ma mère qui était aussi folle, je vous le dis à toutes deux car j'ai souffert de l'une comme de l'autre. Et celui qui s'insurge contre les vivants, c'est comme s'il voulait avoir raison contre les morts et contre l'esprit d'Elana lui-même, qui nourrit les vivants et les morts et les boekin. Je vous le dis à toutes les deux, à toi et à l'esprit de ma mère qui est en toi, aussi évident que la forme de tes oreilles : nul ne peut s'insurger contre la loi, car la loi elle-même obéit à la loi.

Bayangumay s'était assise sur une pierre et elle avait regardé le soleil briller dans le ciel, et pâlir et se coucher sur l'offense qui lui était faite.

A la nuit tombante, elle déposa furtivement dans le bois un panier de riz, piment, sel, poisson sec, ainsi qu'une couverture et des objets de toilette intime. Puis elle se glissa dans la case de Komobo à qui elle fixa un rendez-vous tardif, dans la première clairière après l'orée de la forêt. Ce n'est pas possible, dit-il, tu as bu à la gourde des folles. Peut-être n'est-ce pas possible pour toi, dit-elle sur un ton froid ; je t'attendrai jusqu'au matin et je verrai si la chose t'a paru possible ou non. Elle patienta longtemps et vit enfin arriver Komobo en habit de fête, avec tout son attirail de pêche et de chasse. Autour du cou, aux bras et aux poignets, à la taille, à la cuisse, au-dessus du mollet et jusqu'à la cheville étaient de multiples bracelets de cuivre, ainsi que des grelots de lutte aux graines assourdies par des bouchons d'herbe. A la ceinture étaient aussi des clochettes, un couteau en son étui, une petite masse de bois, une flûte ornée. Sur la tête un petit bonnet de cauris se prolongeait par un pompon de laine, et, surmontant l'apparition, une plume rouge étincelait sous la lune. Il allait à la mort, il allait à ses propres funérailles. Des larmes vinrent aux yeux de Bayangumay et, soulevant vivement le panier de riz, elle remarqua de façon plaisante : Komobo, Komobo, si tu prends toutes les couleurs, que restera-t-il pour les oiseaux ? Le garçon hésita quelques instants : Peut-être, dit-il, peut-être convient-il de revenir sur nos pas et de lancer un adieu à notre village ?... Et, comme la petite fille ne semblait pas de cet avis, il esquissa une plainte légère, du bout de la lèvre :

– O toi, dont les pensées me sont un brouillard…

Se glissant rapidement dans l'ombre, ils arrivèrent au fleuve où Bayangumay avisa une fine pirogue d'enfant. Selon la direction qu'elle avait tracée, il leur fallait passer à travers les eaux du delta, qui font comme une chevelure fluide à la Casamance, depuis la mer jusqu'au pied des collines où commence le pays des Balantes. Nombre de ces canaux leur étaient interdits, les uns qui passaient en territoire mandjack, d'autres parce qu'y séjournaient des poissons sacrés, lamantins, crocodiles, hippopotames, d'autres enfin, étroits et bordés de mangrove, qui servaient de voie de pénétration nocturne aux marchands d'hommes. Sous la clarté déformante de la lune, les deux enfants avaient l'impression de longer les rives du pays des morts. La nuit s'écoula en silence, le garçon pagayant et la petite fille debout à l'arrière, guidant la pirogue d'une perche. Le dos de Komobo luisait d'effroi.

Et Bayangumay dit :

– Komobo, Komobo, pourquoi m'appelais-tu écrevisse ?

Et il dit sans se retourner :

– As-tu déjà vu une écrevisse vivante ?

– Non, dit-elle.

Le dernier bras d'eau s'achevait en une mangrove spongieuse, dont les palétuviers dressaient au-dessus du sol, très haut, de curieuses racines en forme de jambes. Les deux enfants mirent pied dans la boue et Bayangumay s'étonna de ces palétuviers tout en jambes. Modelés par le vent, ils s'inclinaient du même côté, tels des groupes de danseuses figées dans leur élan, et quelques-uns ressemblaient à des jeunes filles du village, aux formes lisses et chantantes, à la grâce qui semble d'un autre monde. Mais l'œil découvrait en même temps la boue noire, gonflée de bulles, sur quoi reposait tout l'enchantement ; et, rendue songeuse, Bayangumay demanda soudain à son compagnon :

– Komobo, Komobo, es-tu bien certain d'être ton grand-oncle paternel ?

Il murmura avec une très grande douceur, empreinte de rêverie :

– Que veux-tu que je sois, ma grand-tante ?…

– Je ne sais pas, je ne sais pas…

Ainsi devisant, ils traversèrent la mangrove, foulèrent une herbe haute, gravirent une colline fendue par le cours profond d'une eau non salée. A mi-pente ce fut l'aube. Komobo déroula la couverture sur le sable et mit sa toge par-dessus, de façon à adoucir la couche des deux enfants. Mais toi, où dormiras-tu ? dit Bayangumay. Alors Komobo reprit sa toge d'un air résigné, et la déposa non loin dans les hautes herbes. Des traits de feu naissaient à tous les points de rencontre du ciel et de la terre. Assis sur sa toge de fête, Komobo piégea une nasse et s'en fut vers le ruisseau ; il en revint un moment plus tard et s'allongea en grelottant.

Quand Bayangumay s'éveilla, au bout de quelques heures, le soleil était remonté du séjour des morts et réchauffait maintenant les vivants. Elle vit Komobo assis non loin de là, grave comme un fou et calme comme un homme qui va mourir. Viens, lui dit-il. Elle le suivit jusqu'au bord du ruisseau, où la nasse soulevée découvrit une petite écrevisse vivante qu'il jeta dans l'herbe. Elle était effectivement bleue, cette écrevisse du pays des Balantes, d'un bleu de nuit luisant et nacré. Et les anneaux de son corps s'étageaient comme les plis du cou d'une jeune fille un peu grasse, mais dont le poids ne gêne pas les mouvements. Utili bän ulin, dit Komobo. La petite fille sourit, saisit l'écrevisse et la rejeta à l'eau : tous deux éclatèrent de rire.

C'est ainsi qu'ils passèrent trois jours, sur la colline du pays des Balantes : parlant peu et conversant de toutes choses.

Au matin du troisième jour elle dit : Komobo, il me faut aller à mes noces. Et la considérant, essayant vainement de lire ses pensées, l'enfant répondit : Je crains que Dyadyu ne me tue. Enfin, il poussa un soupir et redescendit la colline vers la pirogue enfouie dans les hautes herbes.

Quand ils arrivèrent à Énampore, le Diola Dyadyu attendait sur la place au milieu des hommes de son clan. Il avait revêtu sa grande toge indigo – vêtement d'apparat du guerrier, et son linceul – et ses dents frottées au bois de citronnier soulignaient la pointe des incisives limées en croc. Aucune arme, en dehors de sa courte lame de combat ; et nul ornement, excepté le bonnet de coquillages cauris, cousus à même ses cheveux gris, et qui semblaient de minuscules mâchoires blanchies au soleil. L'arrivée des fugitifs déclencha une tempête de cris, de clameurs, de piaulements aigus qui partaient surtout des femmes d'Énampore. Déjà, un des hommes du clan de Dyadyu lançait son javelot contre une cheville du père de Bayangumay, qui attendait parmi ses parents et alliés de lignage, droit et figé comme cadavre. Le trait précis n'entama que l'épiderme et tout le monde s'immobilisa. Ceux qui étaient près du blessé se penchèrent, afin de mesurer la gravité du dommage. Puis, dans le rang d'en face, un homme souleva son arme, visa soigneusement, la lança de façon à infliger une blessure identique à la cheville de Dyadyu. Et comme l'un des siens levait à son tour le javelot, Dyadyu déclara sans élever la voix : D'où que vienne la flèche, celui qui la lance périra de mes mains.

A ce moment, un instant égarée, la colère de la foule se retourna contre Bayangumay et les poings se dressant vers elle, les insultes fusant de toutes parts, la petite fille ressentit à nouveau le sentiment qui l'avait saisie trois jours auparavant ; et, s'arrêtant devant le peuple, se redressant de toute sa frêle taille d'enfant, elle chanta le couplet qu'elle avait composé durant son absence :

Nous avons passé trois jours sur la colline
Un petit canari dans son couvercle
Comme je n'y ai pas songé
Komobo aussi n'y a pas songé
Komobo n'est pas un garçon fêlé
Il n'est pas non plus le jeune homme de notre temps
Kilili, Komobo. Kilili
Que le tam-tam de Weili chante Komobo

Puis elle vint devant Dyadyu et s'agenouilla les mains jointes, les coudes largement écartés, en marque de soumission totale ; mais sa tête restait haute et ses yeux tournés vers le ciel étincelaient.

Le vieillard mit sa main gauche sur le petit crâne rond de Bayangumay, pour bien montrer qu'il avait reçu ses paroles et son chant. Puis il la toucha à l'épaule, afin qu'elle se relève de sa faute ; et, cependant que le cercle se resserrait autour d'eux, il demanda sur le ton de la courtoisie : Comment avez-vous mangé ? Elle répondit. Puis : Comment avez-vous dormi ? Elle répondit. Puis : Je vois que tes cheveux sont encore humides ; comment vous êtes-vous baignés ? Elle répondit. Enfin : L'un de vous a-t-il touché l'autre ? Elle : Nous n'avons même pas touché nos mains.

Dyadyu parlait d'une voix grave et pénétrante, et son visage semblait parfaitement calme parmi les faces irritées de son clan. Seules, quelques nuées flottaient dans l'espace de son regard. Soudain Bayangumay commença d'avoir peur, et elle se mit à pousser de petites plaintes de chat, sans s'en rendre compte, cependant que sa tête restait droite et ses yeux dirigés vers Dyadyu qui parut s'éloigner, partir en songe au milieu de la foule qui attendait son verdict. On savait que les pensées de cet homme étaient des actes, qu'elles revêtaient parfois la forme d'une lance, d'une flèche, d'un couteau de jet inattendu. Voyant cela, la première mère de Bayangumay glissa au sol, répandit une poignée de sable sur ses cheveux défaits, et cachant son visage entre ses genoux, poussa un cri déchirant. On l'entourait, on essayait de la faire taire. Alors Dyadyu parut revenir à lui, à l'heure présente, au peuple qui était le sien, et, sur un étrange sourire d'apaisement, il regarda Bayangumay dans le blanc rose de ses yeux et prononça le vieux proverbe : *Le cœur de l'homme est un petit enfant inconsolable*. Puis il se tut.

Le sens de ce proverbe était obscur, et son usage réservé par coutume à la bouche des Anciens. Pourtant, sans qu'elle les entendît le moins du monde, les vieilles paroles pénétrèrent Bayangumay qui se jeta aux pieds de Dyadyu, déchirée de douleur. Ce dernier demanda des branches dont il frappa trois fois les épaules de Bayangumay, comme fait un père avec l'enfant qui a commis une faute légère, et c'est avec force mais avec tendresse. Puis il la fit se lever, posa la main sur son épaule en marque de protection et dit : Pour moi tout est clair, mais il reste à interroger les Esprits. Il la poussait devant lui, au travers de la foule, et, comme un jeune homme souriait à leur passage, il lui donna un coup de poing qui le renversa par terre. Le féticheur les emmena dans sa case où Bayangumay à genoux se vit poser une poule blanche sur la tête, afin de vérifier l'état de sa virginité. Les pattes de la poule grattaient légèrement le crâne de la petite inculpée, mais, presque aussitôt elles s'immobilisèrent. Le féticheur dit : Tout va bien, elle est droite. Elle a seulement fait un peu de bruit. Tu auras une femme bruyante.

Le vieux Dyadyu sourit : Enfant, elle était déjà une flûte dont ses ancêtres jouaient à tout instant de la journée.

Puis il ajouta :
– Car le son de son corps est clair.

Bayangumay était couchée dans la pénombre et se sentait vaguement flotter sur le vin de palme, sur les danses nombreuses qu'elle avait faites, sur la musique assoupie du tambour qui s'élevait depuis le centre du village, à bonne distance dans la nuit. Une mèche de coton fumait devant la porte où apparaîtrait Dyadyu, tout à l'heure. Elle savait qu'on était en train de le parer tout entier, comme on venait de faire avec elle-même ; les vieilles épouses avaient lavé son corps des sueurs de la danse, et elles l'avaient ointe d'huile de tulucuna fraîche, qui donnait à sa peau l'odeur violente de sa première mère. Puis elles l'avaient allongée sur la natte, elles l'avaient recouverte d'un pagne blanc, elles avaient assuré la position de ses jambes et découvert un pan du pagne sur sa nudité, afin que tout fût exactement disposé pour recevoir l'homme. Contre ses reins, elle percevait le collier de hanches que les enfants ne voient jamais, entendent seulement résonner la nuit, et dont ils se moquent en faisant sauter des petits cailloux dans leurs mains. La silhouette huilée de Dyadyu se découpa dans l'entrée de la case. Ma femme est-elle prête ? demanda-t-il sur un ton déférent. Bayangumay songea que le vieux guerrier ne lui dirait plus : mon enfant, et tout à coup elle fut pleine de honte à cette pensée, et de tristesse et de regret. Alors Dyadyu esquissa un mouvement et dit :

— Je peux revenir tout à l'heure, si tu n'es pas encore prête à me recevoir ; car je ne suis pas le jeune homme qui s'élance vers la première biche, et mon impatience est toute derrière moi…

Bayangumay sourit dans l'ombre :

— Mais la mienne est toute devant moi, dit-elle.

— Toute ? fit Dyadyu avec un petit rire, cependant qu'il pinçait la mèche, abandonnant la case à la seule clarté impalpable de la nuit.

Elle avait cru percevoir une note obscure dans ce rire, et son cœur se gonfla d'un sentiment étrange cependant qu'elle tendait un peu ses bras et ses cuisses, afin de supporter l'épreuve de tous les soubassements de son corps. Lui parvint alors un léger soupir, toujours chargé de la même tristesse, et voyant que l'homme se penchait elle souleva docilement ses reins, éleva au plus haut l'angle sacré de sa personne, comme le lui avaient enseigné les trois vieilles épouses de Dyadyu. Elle était la victime et l'autel, il fallait qu'elle s'étire comme un arc, qu'elle s'infléchisse en son milieu comme le cou d'un animal qui se présenterait de lui-même au couteau. Et Dyadyu prononça les paroles rituelles : Le riz que nous avons planté cette année, puisse-t-il grandir en abondance et en force. Et Bayangumay prononça doucement les prières d'accueil, que lui avaient enseignées les trois vieilles, tout à l'heure, afin que s'opère en elle la germination qui anime toutes choses, depuis les profondeurs de la terre jusqu'aux étoiles. Et quand il en fut bien ainsi, quand toutes choses à faire furent accomplies, Dyadyu se reposant sur elle de son travail – non pas de tout son poids, mais d'un reste qu'il ne pouvait faire supporter par ses coudes – elle lui dit du fond de sa gorge brisée : Dyadyu, Dyadyu, je te rends grâces d'avoir fait de moi ta femme. Et Dyadyu ne répondait pas, et la toute jeune épouse cherchait une autre formule, et finalement elle laissa parler sa propre bouche : Dyadyu, Dyadyu, dit-elle, mon ventre s'honore de porter la graine d'un arbre tel que toi. Mais Dyadyu ne répondait toujours pas, et elle pouvait entendre non pas avec ses oreilles, mais véritablement avec ses seins pressés contre la poitrine de l'homme, entendre une sorte de soupir qui se mouvait à l'intérieur du vieillard avec son souffle. Et soudain elle se sentit comme écrasée par le poids de l'homme, et ce fut comme si tout le poids incompréhensible du monde reposait sur elle ; et l'enfant ne sut comment s'adresser à tant de choses à la fois, et elle se demanda s'il ne serait pas possible de marquer sa tendresse au monde par un geste ; mais elle ne vit aucune partie du corps de Dyadyu où poser sa main sans irrespect, ni ses épaules, ni sa tête, ni son cou dont une veine battait contre sa mâchoire, et, soudain, elle se mit à chanter du fond de sa gorge brisée :

> *Dyadyu, Dyadyu*
> *Si on crie au loin, il va au secours*
> *Si on crie du côté de la langue, il va au secours*
> *Du côté de la joue*
> *Dyadyu*

Et quand son chant eut pris fin, elle vit que Dyadyu s'abandonnait sur elle de tout son poids, sans plus aucune retenue, sa poitrine se soulevant et redescendant lentement, calme et pacifiée, comme celle d'un homme qui dort, bien qu'elle sût ses yeux ouverts dans la nuit et sur quels sentiments, sur quelles pensées aussi vastes et mystérieuses que le monde ?

3

A la naissance de Bayangumay, la grande ville des
bords du fleuve, lieu d'ombre et de luxe, de tranquillité,
portait encore le nom de Sigi qui signifie : Assieds-toi.
Mais depuis qu'on y embarquait les esclaves, elle
n'était plus connue que sous le nom de Sigi-Thyor :
Assieds-toi et pleure. Et désormais, de proche en proche,
des terres connues aux plus lointaines, qui vont au-delà
du pays des Balantes, les peuples qui craignaient de
devenir gibier se faisaient chasseurs, oubliant qu'une
seule et même plaie s'ouvrait à leur flanc. Le pays des
vrais hommes se révulsait tout entier sous le mal ins-
tillé dans son sang. Et les Anciens comparaient le corps
nouveau de l'Afrique à un poulpe cloué sur la grève, et
qui perd goutte à goutte de sa substance, cependant
que les tentacules s'étreignent et se pressent les uns
les autres, et se déchirent sans pitié, comme pour
se demander mutuellement raison du pieu qui les tra-
verse de part en part. Fuyant les abords de la Casamance, voie traditionnelle des marchands d'hommes,
les Diolas s'enfonçaient lentement en des marais peu
accessibles ; certains groupes avaient gagné les âpres
Cajinoles, où, en saison sèche, ils se nourrissaient
d'huîtres de palétuviers grillées sous la cendre. Des

palissades aiguës se dressaient maintenant autour des villages, s'insinuaient à l'intérieur des enclos, entouraient la plus modeste case d'une hauteur hérissée à l'image de la méfiance universelle. Une parole récente courait dans toute la région : Autrefois nous ne craignions que nos ennemis, aujourd'hui nous avons peur des amis et demain, nous lancerons la pique sur nos mères.

La destination finale des captifs était inconnue : le peuple disait que les Blancs se repaissent de viande humaine, les sages estimaient qu'ils en font hommage à leurs dieux et ceux qui sentaient leur esprit chanceler – ceux-là contemplaient l'immensité du ciel et se taisaient.

Une nuit, s'étant réveillée en sursaut, Bayangumay souleva les paupières et sut qu'elle dormait encore, sut au même instant qu'elle poursuivait un rêve à l'intérieur de son rêve. Le village était une seule clameur, une seule flamme qui illuminait la case comme en plein jour. Elle vit alors, dans ce cauchemar qui se dénonçait à lui-même comme tel, son vieux mari dressé tout nu au centre de la case, la lance haut levée et la bouche ouverte sur un cri d'horreur, cependant que de sa main libre il cachait la honte de son sexe. Puis il y eut un bruit éclatant, pareil à celui que fait le tonnerre durant la saison sèche, quand le ciel craque comme un grain sous la cendre ; et, tombant sur les genoux, le vieux Dyadyu projeta sa lance en avant et s'étendit sur le sol pour dormir, la tête sur un coude replié, ainsi que font les hommes au coin du feu, les soirs de labours, de semailles, de circoncision, de mariage ou d'enterrement, quand toutes choses à faire sont accomplies. Elle décida aussitôt de ne rien dire, de ne raconter ce rêve à personne, puisqu'elle savait ne pas désirer réellement la mort de son mari : les labours s'achevaient et bientôt elle pourrait revoir Komobo, pourquoi donc un tel rêve en un tel moment ?

Elle pensa qu'il lui faudrait sacrifier un coq blanc au boekin, afin d'écarter d'elle ce péché nocturne, cette offense qu'elle commettait à l'égard du vieux Dyadyu endormi à ses côtés, présentement, sur la natte conjugale. Une prière lui vint aux lèvres : O vous les Dieux de mon sang, écartez de moi ce rêve. A cet instant, deux êtres de la nuit surgirent en hurlant dans la case, et ils en chassèrent Bayangumay de leurs longs bâtons aux extrémités métalliques. Ils avaient des sortes de becs, des vêtements pareils à des plumages, et des étoiles scintillaient à leur front, entourées d'une petite lune d'argent. Et comme elle s'empressait, Bayangumay buta sur le corps de son mari qui portait un trou au milieu de la poitrine, une marque semblable à celle que fait la corne du rhinocéros. Elle poussa un léger hurlement et gagna, toujours hurlante, la masse humaine concentrée sous le baobab de palabres, s'y enfonça comme dans un mur vivant de boue cependant que les êtres de la nuit faisaient jaillir, sans qu'on sût comment, de brusques orages traversés d'éclairs. Les cases alentour flambaient comme des torches, projetant mille escarbilles sur les corps tirés de leur sommeil et pour la plupart nus, hommes, femmes, enfants, vieillards, et les corps déjetés des aïeules au crâne rose, aux mâchoires pendantes. Les êtres de la nuit usaient aussi de longs couteaux courbes dont ils harcelaient la foule, provoquant des gestes inconsidérés parmi les enfants ; mais, si l'un d'eux tentait de quitter le cercle, un bâton crachait sur lui tonnerre et éclairs mêlés. Des sons s'échappèrent de la bouche de Bayangumay ; y prêtant attention, elle se rendit compte qu'elle murmurait sans arrêt : qu'est-ce que c'est ?... qu'est-ce que c'est ?... qu'est-ce... ?

Cependant qu'elle tournait les yeux en tous sens, s'efforçant de comprendre l'agitation des femmes, les petits cris hystériques des enfants, et le silence des hommes qui semblaient tout entiers prisonniers de leur propre regard, elle vit, à plusieurs têtes de la sienne, le vieux Kobidja, dignitaire du fétiche de la pluie, qui dressait vers le ciel ses deux poings lisses comme du bois poli. Soudain il s'écria d'une voix inhumaine, nasale, enflée, qui semblait sortir du groin du phacochère plutôt que d'une bouche qui parle : Diolas, les Dieux sont morts !... et ce disant, il se précipita devant un bâton dont l'éclair troua son ventre en répandant une odeur de chair brûlée. Quelques cris de guerre retentissaient encore au fond du village ; parfois un coup de vent, courbant l'embrasement d'une case, révélait des silhouettes de combattants. Non sans stupeur, Bayangumay reconnut à côté d'elle la face déformée de Binta, première compagne de son mari, et qui serrait avec force deux enfants contre ses genoux, tout en exhalant une phrase incompréhensible. Elle ressentit alors qu'il lui fallait absolument savoir ce que disait cette femme, car le rêve était devenu d'une gravité telle qu'elle serait tenue, le lendemain matin, d'en rendre compte jusqu'au moindre détail. Elle posa avec respect sa main sur l'épaule de Binta, et lui demanda calmement : Mère, que dites-vous là ?... et l'autre plongea aussitôt avec effroi, sans la reconnaître, ses yeux blancs dans les yeux de Bayangumay, tout en reproduisant ces mêmes sons qui tout à coup se révélèrent paroles : Elana, Elana tout-puissant, répétait la pauvre femme, protégez-nous des marchands d'hommes !...

A cet instant précis, comme le rêve se brouillait et prenait apparence de réel, Bayangumay découvrit que tout un boisseau de petites flèches à poisson s'élevaient brusquement de sa gorge et jaillissaient de ses deux oreilles, chaque flèche étant son propre cri, régulier, inlassable, et qui ne finirait qu'avec elle-même.

La mort faucha largement sur la place du village, puis les êtres assemblèrent le reste en une sorte de longue corde à nœuds, et, du pas tranquille de leurs chevaux de selle, ils guidèrent la file humaine au long des sentiers de servitude, faisant de temps à autre, négligemment, voltiger une tête lasse au-dessus de son carcan de bois. Ainsi en alla-t-il pour ceux qui n'étaient pas malades, qui n'étaient ni trop vieux ni trop jeunes, et qui consentirent aux fers et à la pose du carcan, ainsi.

Un tiers atteignit les geôles de l'esclaverie de Gorée, petite île qui faisait face au bourg lébou de N'dakaru, à soixante journées de marche vers le nord. Les niches étaient taillées dans la pierre, des trous oblongs donnaient sur l'ombre éternelle des couloirs. Tous les matins, on retirait les cadavres de la nuit. Ils étaient jetés depuis une porte qui surplombait la mer, et de nouveaux arrivants les remplaçaient, qui parlaient des langues toujours nouvelles. Au-dessus des niches, à l'étage habité par les seigneurs blancs, des rires et des chants bourdonnaient parfois, traversaient l'épaisseur des murs, descendaient doucement parmi les captifs, accompagnés du martel de danses rapides et d'un grincement pareil à celui que produit le violon diola. Et puis la musique finissait, les murs se rapprochaient, enserraient à nouveau les corps de toutes parts, et les corps eux-mêmes devenaient des murs pour les autres corps, et tout se fondait en une chose qui ne porte pas de nom dans la langue des hommes. Un jour de nombreux cris retentirent, il y eut toutes sortes de sons inaccoutumés, et les portes s'ouvrirent sur une vague clarté qui venait d'on ne savait où. Alors des hommes noirs firent irruption, ils détachèrent les chaînes du cou et des mains, ne conservant que celles qui reliaient les chevilles, et les prisonniers furent poussés dans une cour où on les incita à se laver en de vastes récipients cerclés de fer. Le contact de l'eau était plus insoutenable que celui de la lumière, dont le rayonnement poignardait tous les yeux, et les hommes les plus forts chancelaient, poussaient des cris d'enfants, cependant que Bayangumay tombait à genoux devant le récipient, tremblant de tous ses membres. Après cela il y eut une très belle pause, durant laquelle on distribua du manioc en abondance, de la viande bouillie, des œufs, des noix de kola, et les captifs ressentirent à nouveau un sentiment humain, qui était peut-être la honte, et Bayangumay posa comme les autres le plat de sa main devant son sexe. Et la pause durait infiniment, et les gens mangeaient, buvaient en silence, se levaient et s'asseyaient d'un air étonné, faisaient quelques pas, regardaient le ciel, les arbres, leurs frères et sœurs si proches, si lointains, et ils remettaient distraitement une main devant la honte revenue de leur sexe. Au premier étage, accoudés à une basse palissade de fer, trois hommes blancs contemplaient en souriant le bétail de la cour. Ils avaient chacun à leur côté une petite négresse éventail, et leurs vêtements fascinants, aux couleurs resplendissantes de fleurs, d'insectes rares, d'oiseaux, et les longues boucles blondes qui descendaient sur leurs épaules, et la sûreté précieuse de leurs mouvements, l'éclat de leurs dents si blanches entre les lèvres si rouges, tout cela dégageait un air d'indulgence lointaine, de bonté…

Mais déjà ces instants de grâce s'évanouissaient : des gardes surgissaient de toutes parts, ils avaient des marques d'esclaves à leurs épaules, mais leur brutalité distante était celle des maîtres ; et déjà de nouveaux anneaux, de nouvelles chaînes embarrassaient les mouvements. On fit rentrer toutes les personnes dans la maison de pierre, mais au lieu de les pousser dans les cellules aux portes bâillantes, les fouets, les masses de fer et les crosses de fusils les comprimaient en un couloir qui descendait sur l'océan. Un trois-mâts se balançait au large et des barques armées de matelots roulaient à leurs pieds. Des museaux de requins, courbés comme des ongles, perçaient à quelques mètres du rivage, non loin du lieu qui recevait les cadavres de la nuit. Bayangumay descendit en pleurant le petit escalier taillé dans le roc. Devant elle, au moment de se hisser dans la barque, un captif hésita, s'immobilisa. C'était un Bambara immense, aux joues striées de marques rituelles, et qui avait conservé par ruse une petite guitare à trois cordes, figurant l'oiseau calao. Les deux matelots blancs le tiraient aux épaules et un garde noir se mit à le fouetter avec acharnement ; mais il ne bougeait guère, ses deux pieds collés à la dernière marche, juste au niveau de la mer, et sa tête roulait lentement autour de son cou, comme celle d'un homme qui dort. Soudain il fit un bond et entraîna l'un des matelots à la mer, l'enserrant à la gorge, d'une seule main, tandis que l'autre retenait cette étrange petite guitare calao. Il y eut des cris, des coups de feu, un énorme remous traversé de giclées rouges, d'ailerons frétillants, et de museaux qui se hissaient jusqu'au-dessus de la surface, comme soulevés par l'appel innombrable de leurs dents. Bayangumay hésita, sa tête roulait de façon rêveuse autour de son cou : et puis elle vint se coucher docilement au fond de la barque.

Elle ressentit d'abord l'angoisse, une terreur ivre d'elle-même et qui semblait, à chaque mouvement des vagues, s'élever avec la barque et ses occupants dans l'air chaud. Et puis il y eut l'enivrement du ventre empli de manioc, la douceur des membres qui semblaient gonflés d'eau, gorgés soudain, comme des plantes aux premières pluies de l'année ; et le grave et majestueux délire de respirer un air si pur que parfum, vous inspirant un sentiment de gratitude à l'égard des inconnus répandus sur vous dans la barque, à l'égard du bois sur lequel reposait votre joue, par instants noyée d'eau de mer, à l'égard de chacune des gouttes qui dansaient sous l'esquif, qui berçaient les restes du Bambara, qui encerclaient l'île de Gorée et longeaient en tremblant les rives à jamais disparues de l'Afrique.

Suivant la petite file de captifs, Bayangumay gravit une échelle de corde, prit pied sur la grande maison flottante des Blancs, dont les flancs courbes recueillaient lentement leur charge humaine. Les matelots du pont semblaient pris de panique, animés comme par la

40

fièvre soudaine d'un incendie ; ils criaient et gesticu-
laient, dressaient des lames et des bâtons métalliques
sur tout le monde. Silencieux, traînant leurs chaînes, les
captifs entraient les uns après les autres dans une sorte
de trou creusé au milieu du navire. Certaines femmes
titubaient, remuaient leurs bras comme des antennes,
entraient avec des maladresses aveugles de fourmis.
Quelque chose heurta violemment Bayangumay dans le
dos et elle partit en courant. Mais au bord du trou, les
chaînes de ses chevilles se prirent à un cordage, la retenant un instant, une seconde infiniment douce, cependant que ses yeux recevaient une dernière fois le ciel, le
vol tendre d'une mouette, et le déploiement des grandes
voiles qui faisaient entendre un son harmonieux, sec et
humide à la fois, lui semblait-il.

De vagues luminaires étaient suspendus à des poutres
et l'on se glissait hâtivement le long de galeries étroites,
on rampait vers l'espace qui vous était imparti, on s'al-
longeait comme on pouvait dans l'ombre, dans l'inconnu. L'intérieur du vaisseau avait des dimensions
insoupçonnables du dehors. Les contours imprécis se
prolongeaient en des ciels nocturnes, en des collines et
des arbres, en des bêtes. Bayangumay perçut le déclic
qui fixait sa cheville à la longue barre transversale ; et
déjà une ombre venait contre son corps, telle qu'elle-
même s'était accolée à l'ombre qui la précédait. Elle
eut une défaillance, elle voyait une infinité de petits
poissons qui se pressent dans un ventre, dans une
grande chose vivante dont les flancs enferment un ciel
et une terre, et des eaux sombres et tourbillonnantes, et
des milliers de vagues et de gouttes salées pleines
d'amertume. Et puis tout redevint ordinaire, le dernier
homme blanc gravissait l'échelle au fond du local, et

son torse d'abord, ses jambes gainées de cuir s'élevaient dans un rond de lumière, se dissolvaient déjà. Et
cette lumière elle-même disparut, et il ne demeura plus
qu'une rumeur indistincte, un souffle lent et pénible, à
peine marqué de cliquetis. Les miasmes répandus,
l'odeur de mort engageaient les poumons sur un rythme
nouveau, prudent, avare, palpitation imperceptible d'insecte. Bayangumay étendit rêveusement un bras,
découvrit que la hauteur ne lui permettait pas de s'asseoir. Soudain l'air fut traversé d'appels. Les races, les
tribus se cherchaient dans l'obscurité. Soulevée sur ses
coudes la jeune fille se mit à crier : Hommes du village
de Séléki, je suis Bayangumay fille de Sifôk et de
Guloshô boh. Elle attendit un long moment, quêtant
un mot de sa langue natale dans le déferlement de
plaintes et de cris étrangers. Et puis elle prononça à
plusieurs reprises, d'une voix calme et paisible, comme
s'adressant à une voisine d'enclos : Hommes du quartier d'Énampore, j'étais la troisième épouse de Dyadyu.
Tout à coup, elle fit glisser ensemble ses deux coudes
dans le noir, s'allongea prudemment sur le dos et dit
pour elle-même, si faiblement qu'elle ne s'entendit
pas : Diolas, Diolas, n'y a-t-il pas un seul Diola dans ce
poisson ?
   Derrière sa tête, une lumière filtrait entre deux
planches, et à ce fil tremblant on devinait qu'il existait
toujours un ciel, une terre ferme et sans doute de l'air.
Quand la lumière s'éteignit, Bayangumay comprit que
le monde du dehors entrait lui aussi dans la nuit et elle
se demanda si les étoiles seraient nombreuses. Elle rêva
qu'elle habitait sous une souche morte de baobab, son
corps ayant la forme et la longueur d'un doigt. Elle
étouffait sous le poids de la souche, l'odeur insinuante

de pourriture ; mais chaque fois qu'elle raidissait son corps, tentant de regagner l'air libre, elle se souvenait d'être larve et s'admonestait sérieusement. Si elle pouvait pleurer ne fût-ce qu'une petite larme, peut-être saurait-elle à nouveau que ce grouillement dans la nuit, que cette peau inquiétante et ces doigts, ces yeux aveugles étaient restés diolas. Mais il n'y avait plus rien sous l'inutilité de ses paupières, et elle en déduisit que les hommes blancs, à la manière des sorciers, avaient sucé son intérieur et l'avaient remplacé par une chose qui ne pleurait pas. Quand elle se réveilla, l'odeur qui commençait à envahir le local lui fit penser qu'elle habitait toujours la souche ; mais soudain elle vit le fil de lumière, juste au-dessus de sa tête, entre deux planches, et elle sut vaguement qu'une nuit s'était écoulée. De faibles plaintes hésitaient à l'entour, rampaient, tordues sur elles-mêmes, comme le corps d'un malade qui n'attend plus rien. Certaines plaintes s'achevaient en sanglots très purs, et Bayangumay pensa aux enfants qu'on avait poussés dans une cage, juste à l'avant du navire. Les appels de la veille s'étaient espacés. Chacun désirant se faire entendre, une réglementation élémentaire s'esquissait. Par instants, une lumineuse consonance diola se détachait de la nuit et du chaos environnants. Mais comme Bayangumay se savait une larve, le sens des paroles dites lui échappait, errait en elle, se confondait avec les battements de son cœur. Quelque part, un groupe d'hommes chantait dans une langue étrangère. Soudain elle crut entendre la voix émouvante du Diola Komobo. Elle en fut légèrement surprise, car c'était la voix de Komobo et c'était une voix autre, qui n'avait jamais retenti dans ses oreilles. Autrefois, dans les temps et les temps, elle avait cru percevoir le timbre de Komobo au travers des murs, depuis les profondeurs de sa cellule de Gorée. Mais la voix d'aujourd'hui n'avait plus rien d'enfantin, elle résonnait sur un ton grave, proche de la raucité, et c'était comme si Komobo chantait avec son ventre plutôt qu'avec sa gorge, chantait des paroles tout à fait inconnues de Bayangumay et qui se confondaient avec les rumeurs de son sang, les battements désordonnés de sa poitrine...

Lorsque se tut la voix de Komobo, son morceau fut suivi d'un petit silence appréciateur ; et puis une autre voix se mit à chanter, à descendre les pentes de la servitude et de la mort, tandis que le fracas des chaînes marquait la chute de l'homme d'une certaine solennité. Au-dessus de Bayangumay, à une simple longueur de bras, les chaînes retombaient avec l'emportement furieux du tonnerre, et la jeune fille se demanda si elles étaient secouées par une rangée de femmes ou d'hommes. Cependant elle tremblait comme si elle avait la fièvre soudain, elle tremblait et ressentait toutes douleurs, la faim, la soif, la vermine, le manque d'air, l'odeur d'autrui et celle de ses propres ordures répandues durant la nuit ; à croire, à croire qu'elle était redevenue totalement humaine et vivante. Stimulée par cette pensée merveilleuse, elle tenta d'avaler sa langue, comme avaient fait, à Gorée, ceux que l'aube découvrait tout raidis dans leurs chaînes. Il suffisait d'envoyer la pointe en arrière et de tirer avec son souffle, lentement, patiemment, scrupuleusement, jusqu'à ce qu'un bout de chair pénètre à l'intérieur de la gorge et l'obstrue. Mais en dépit de ce qui est dit, la langue des femmes s'y prêtait mal et peu d'entre elles parvenaient aux frontières désirées de la glotte. Bayangumay y par-

viendrait un jour, elle y parviendrait. Déjà, après seulement trois mois d'efforts, la trajectoire de sa langue
avait gagné le fond du palais, elle atteignait l'huis de
son souffle et peu s'en fallait qu'elle ne remporte la
victoire. Mais peut-être convenait-il de lancer un adieu
à Komobo, une parole, un dernier appel qui l'aiderait
lui aussi à regagner les rivages de l'Afrique, où ils
converseraient de toutes choses, un jour, sous la terre
des hommes, comme ils l'avaient fait en surface, dans
les temps et les temps, sur les vertes collines du pays
des Balantes. Comment, comment franchir le barrage
de la honte, comment se signaler à Komobo sans qu'il
ne vît, au travers de la nuit, l'état d'abjection infinie... ?

Finalement, ayant façonné dans sa tête une parole
poétique, Bayangumay l'ajusta au rythme et à la mélodie du chant funèbre des absents, o aké ombo aldhyuât :
o il y a quelqu'un dont le sourire efface l'obscurité ; et,
profitant d'un instant de silence, elle exprima de sa
voix la plus pure, la plus mélodieuse, la plus ressemblante à une voix de femme :

> *O donnez-moi un message à porter aux ancêtres*
> *Car mon nom est Bayangumay*
> *Et je sortirai demain*
> *Oui demain je sortirai du rang des bêtes*

DEUXIÈME PARTIE

Solitude

1

La mulâtresse Solitude est née sous l'esclavage vers 1772 : île française de la Guadeloupe, Habitation du Parc, commune du Carbet de Capesterre. Les du Parc employaient le système du Fichier Perpétuel, qui suppose une exploitation stable, harmonieuse, dont les besoins en hommes et en chevaux ne varient pas. La liste des « forces » avait été établie une fois pour toutes : le nom des morts allait aux vivants qui le rendaient le moment venu, avec l'âme. Une vieille Rosalie venant à mourir, on l'enterra distraitement dans un terrain en friche, cimetière errant, provisoire, qui embellirait les futures lances de canne à sucre. Et la nouvelle Rosalie prit la place de l'ancienne, en un cri léger, sur le grand-livre de la Plantation.

A peine teintée à la naissance, elle ne s'assombrit véritablement qu'au bout de six semaines. Sur ses reins, dans la coulée du dos, la tache universelle des métis était à la forme d'une poire, à la dimension d'une pièce de monnaie, et elle avait la couleur violette ardente des fleurs lourdes et penchées de la banane. Avec les jours et les saisons, sa peau devint d'un brun acceptable, une enveloppe souple, glissant doucement sur le muscle, et qui distillait une sueur à peine moins

49

brillante que sa négresse de mère. Les esclaves voyaient dans cette graine bâtarde une Sapotille, du nom d'un fruit indien à l'épiderme rougeâtre, à la chair douce-amère, comme tissée d'ambiguïtés, et dont l'odeur vaguement d'encens était en effet celle de la petite créature que sa mère reniflait, dans la stupeur des premiers jours, comme pour mieux la comparer au fruit son vivant symbole. D'un doigt inquiet Bayangumay suivait les contours du petit visage. Elle ne s'habituait guère qu'à la bouche, à cause de la plénitude rassurante des lèvres, qui évoquaient l'Afrique. De légers points d'aiguille en piquetaient les bords, traces encore discernables de leur Créateur. Mais au-dessus de tout cela, il y avait ce regard insoutenable au cœur de la jeune maman : un œil sombre et l'autre verdâtre, et qui semblaient chacun appartenir à une autre personne.

Les vieux nègres d'eau salée, recrus d'expériences inouïes, assuraient qu'il en va ainsi quand le mélange des sangs s'est fait trop vite, en l'absence de temps et de volupté : enfants de barrières, de fossés ou de chemins (d'où leur surnom dérisoire de Chimène) et surtout fruits de ces amours de vaisseaux négriers, de cette étrange coutume, la Pariade, qui avait lieu un mois avant l'arrivée au port, jetant soudain les matelots ivres sur les ventres noirs lavés à grandes giclées d'eau de mer. Les enfants de Pariade avaient souvent les traits qui se contrariaient, filaient dans tous les sens, des sourcils hésitants, des yeux entre deux mondes. Et n'en était-il pas ainsi de cette pauvre graine, de cette charmante Sapotille conçue à bord, dans la confusion et l'égarement des mêlées reproductrices ?

Mais que la négresse Bobette se rassure, précisaient les Anciens avec bonté ; car les deux yeux de sa fille lui font une seule âme et un seul regard, que certains Maîtres amateurs de viande noire trouveront particulièrement beau.

Lorsque naissait un tel produit, digne de servir à la table des Maîtres, on l'enlevait avant qu'il ne prenne les maladies, souvent mortelles, les tours d'esprit et de langage, les mains squameuses qui caractérisaient les bêtes des champs. Un matin comme les autres, sur le conseil du Commandeur, les gens de la Grand-Case se saisissaient du nourrisson pour l'élever eux-mêmes, à la façon des êtres jaunes qui servaient d'intermédiaires entre les Noirs et les Blancs.

Celle qui fut Bayangumay regarda partir son enfant d'un œil froid. Mais quelques jours plus tard, elle eut un bref hurlement quand on lui ramena, au retour des champs, la fillette qui se mourait du sein maternel. Toutes les tentatives ultérieures amenèrent à ce même résultat d'une enfant exsangue, fiévreuse et sans voix, mais se refusant à tout autre sein que celui de la négresse Bobette ; comme si, ainsi qu'on le chuchotait dans les cases des Nègres Nouveaux, le cordon ombilical n'eût pas été réellement coupé. Elle se désespéra, ainsi qu'au temps de sa grossesse, quand elle faisait chaque nuit le cauchemar d'un petit homme blanc qui sortait de son ventre, un fouet à la main. Mais les mesures les plus subtiles, les violences les plus manifestes n'y faisaient rien : toutes les nuits, dès qu'elle la croyait endormie, la petite créature rampait silencieusement vers elle, jusqu'à enserrer, délicatement, une de ses jambes.

Cependant, aux alentours de sa quatrième année, Bayangumay put constater une légère amélioration chez la créature, une sorte de lent renoncement à la chair maternelle, jusqu'à ne plus étreindre, ne plus embrasser que l'extrémité de son pied.

2

Selon la petite fille, de tous les objets qui errent sur la terre et au ciel, le plus chargé de sens et le plus mystérieux, le seul qui fût véritablement émouvant était Man Bobette. Tous les soirs, avant de s'endormir, elle repassait en esprit les énigmes les plus surprenantes de la journée écoulée. Les yeux écarquillés dans l'ombre, elle revoyait les moindres gestes de l'être fabuleux qu'était sa mère, elle suivait toutes les crispations de son visage, réentendait les plus légères inflexions de sa voix. Et puis elle réfléchissait très fort, dans l'espoir, la grave espérance de pénétrer les secrets de cette femme. C'était là une tâche fort sévère, qu'un rien pouvait subitement anéantir : la fuite d'un rat, le cri venu d'une case voisine, un soupir de Man Bobette qui se retournait sur son lit de fanes sèches. Mais l'enfant Rosalie était une vaillante, et ses petites nattes ne s'envolaient pas pour autant. Sitôt l'alerte terminée, elle revenait à ce travail-là dans sa tête, à cette tâche si délicate et sévère, tantôt nouant et tantôt dénouant le fil toujours incertain de sa rêverie. Et la nuit venait sur son cœur, et les songes s'accrochaient aux songes et tiraient à eux le cerveau de l'enfant, qui entrait doucement en sommeil, poursuivant son ouvrage. Et parfois elle s'éveillait au beau

53

milieu de la nuit, se demandant aussitôt, moitié souriante, moitié émue déjà : Jésus Marie la Vierge, mais qu'est-ce qu'elle a dans son corps vivant, la négresse Bobette ? Mais qu'est-ce qu'elle a donc cette femme-là ? Rhoye rhoye rhoye, mais qu'est-ce… ?

Elle savait que sa mère venait de l'autre côté de l'océan, que c'était une sauvageonne, comme disaient les Blancs, une diablesse d'Afrique, comme disaient les Noirs de celles qui n'étaient pas nées au pays et que l'on reconnaissait à leur figure incisée, à leur parler de bêtes, à leurs inquiétantes manières d'eau salée. Cependant, sans qu'elle fût d'eau douce, Man Bobette n'était pas véritablement une négresse d'eau salée : si l'on excluait la forme curieuse de ses incisives, elle n'avait rien d'ignoble. Et la petite fille avait beau l'observer en coulisse, elle ne voyait guère ce qui justifiait ce surnom irritant de Congo-Congo. Certains la dénommaient aussi Mangouste, et d'autres la Reine aux longs seins, comme dans le proverbe. Mais à la vérité, Man Bobette était semblable à toutes les vieilles qui travaillaient sur l'Habitation, en dépit de certains signes qui la disaient, peut-être, moins vieille que d'autres. Pourquoi sur les plantations n'y avait-il que des vieilles et des jeunes, alors que parmi les négresses et surtout les mulâtresses d'Habitation, on trouvait aussi une catégorie intermédiaire, des femmes qui n'étaient plus toutes jeunes sans qu'elles fussent déjà vieilles ? Voilà une chose étrange, pensait l'enfant Rosalie. Car sa mère était indubitablement vieille, telle une vieille case branlante, avec sa peau fripée et ses plaques de moisissure grise au visage, ces touffes d'herbe rose sur le corps, un peu partout, comme à toutes celles qui n'ont pas su passer au travers du fouet. Il y avait aussi cette oreille manquante, qui l'obligeait à parler de biais, en mettant sa main en cornet, comme les vieilles d'entre les vieilles ; et le boitillement qui lui venait du tibia mal remis, dont une pointe perçait, encore, donnant à Man Bobette une démarche d'insecte abîmé, de mouche à laquelle on a enlevé une aile. Elle était vieille, assurément elle était vieille. Et pourtant – était-ce là son secret ? selon qu'on la regardait sous un certain angle, par exemple endormie, dans l'ombre de la case, la tête posée sur la mauvaise oreille, elle avait l'air si jeune avec son profil à peine entamé, ses yeux qu'on ne voyait pas, sa bouche toute fermée sur les chicots, qu'on aurait pu la compter parmi les plus jeunes d'entre les jeunes mamans de l'Habitation du Parc. Parfois aussi, quand elle se tenait assise, le torse et le cou bien droits, telle une Blanche ou une Mulâtresse, elle devenait subitement si gracieuse (surtout à la faveur d'un rayon de soleil) que l'enfant Rosalie croyait comprendre pourquoi on l'appelait la Reine aux longs seins, quoique sa poitrine fût plus plate et labourée des fers qu'un vieux carreau de terre à igname.

Il y avait également un « secret » dans sa façon de marcher, à de certains soirs, quand toute la compagnie rentrait des champs, avec les Commandeurs qui accéléraient l'allure et les chiens qui hurlaient, dans les rangs, impatients eux aussi de rentrer dans leurs cases. Alors, même aux soirs les plus tristes, quand ciel et terre avaient frappé des hommes forts qu'on ramenait sur une civière, même ces soirs-là, sa vieille négresse de mère ne pouvait s'empêcher de redresser le torse, tous les trois pas, avec un air troublant de bravade, de défi, qui vous faisait tout d'un coup oublier sa boiterie, sa peau usée et ses yeux secs, son crâne presque nu...

Et c'était encore et toujours on ne savait quoi, une personne à secrets, la Reine aux longs seins, peut-être...

Souvent, un homme se tenait près de Man Bobette, au long des songes et féeries nocturnes de l'enfant. C'était un vieux nègre à pilon que les chiens avaient rattrapé à mi-pente de la montagne, voici fort longtemps, bien avant la naissance de la petite fille : comme il faisait merveille au blanchissage du sucre, on s'était contenté de lui trancher le genou, après sa tentative. L'homme venait surtout le dimanche, à l'heure où les gens se tiennent assis devant les cases, entre le sommeil et l'état de veille, ne sachant que faire de leurs membres à l'abandon. En entrant dans la case, il posait une main sur le crâne de l'enfant Rosalie, et la caressait avec soin, sollicitude, tout comme si elle eût été une chaude et claire négrillonne. Mais sitôt qu'il ouvrait la bouche, curieusement, c'était pour évoquer les petites mulâtresses qui s'empressent de renier leur mère, dès que le cordon ombilical se détache du cœur. Il prononçait aussi d'autres paroles, d'une voix murmurante, penché sur l'épaule de Man Bobette qui l'écoutait d'un air effaré : mais l'enfant entendait seulement la phrase sur les petites mulâtresses, – et elle venait à Man Bobette, elle mettait un genou en terre, elle secouait la tête pour protester contre la phrase. Comme elle ouvrait la bouche, il en sortait une rumeur, une sorte de vent inarticulé, et Man Bobette lui disait alors en souriant : Attention, tu fais encore ta chevrette ? Et l'enfant remuait une seconde fois sa langue, essayait de prononcer les mots qui se tenaient dans sa gorge, tels des chiffons. Et puis elle se levait en silence, d'un air empreint de solennité, elle sortait, elle allait à son champ de cannes habituel, s'enfonçait dans les hautes tiges tremblantes, jusqu'à ne plus entendre les rumeurs de l'Habitation. Et là, solidement campée au sol, elle serrait ses deux petits poings jaunes, elle arquait son corps nu, comme pour entrer dans une danse, et de toute la force de ses bras et de ses jambes elle poussait dans sa gorge un cri.

Cependant, en dépit de ses bizarreries, et de certaines souffrances qui s'ensuivaient, l'enfant Rosalie aimait beaucoup à rêver au vieux nègre à pilon. Il y avait en lui une gravité, une sorte de raideur qui l'émouvaient étrangement. Par exemple, c'était un homme qui n'appréciait guère le manger-cochon, et l'on ne pouvait rien tirer de lui qui se rapporte à ce que les gens ont coutume de faire avec leur bas-ventre, leur bouche ou leur derrière, tout comme s'ils fussent des porcs qui ne savent pas les différences, ou bien des Blancs qui n'ont de cesse jour et nuit d'inventer quelque nouveau manger-cochon. Et de toutes ces choses-là, le vieux nègre à pilon ne parlait pas plus que Man Bobette. De même, sa bouche ne prononçait jamais un mot concernant l'Habitation du Parc, et jamais ses yeux ne se tournaient vers la grande maison blanche, à colonnades et statues, dont les lumières étincelaient, le soir, se rapprochaient une à une des cases installées au bas de la colline, en direction de l'ouest, afin que le vent ne transporte les odeurs vers les narines d'en-haut. Toutefois, en de rares circonstances, il prononçait certaines paroles qui avaient presque l'éclat du silence de Man Bobette. Ainsi avait-il fait, le jour où cette Bambara sauvage avait enfoncé une aiguille dans le crâne de son nouveau-né. Tout le monde avait assisté à son supplice, et les yeux flamboyants comme des torches, elle avait insulté les Maîtres pendant des heures, accrochée au poteau d'entrée de la rue cases-nègres, avant que les fourmis manioc n'en finissent avec son corps enduit de mélasse. Ce jour-là, au lieu de gémir ou de pincer la bouche comme faisait Man Bobette, le vieux nègre à pilon s'était contenté de murmurer, de son ordinaire voix de bête soumise : Les Maîtres sont bons, les Maîtres sont justes, les Maîtres sont bons, les Maîtres... Surprise, l'enfant avait considéré les traits paisibles du vieillard, les traits immobiles et pincés de Man Bobette, et soudainement elle avait découvert que tous deux regardaient la scène avec les mêmes yeux : deux petits crabes de terre, bien tapis sous leurs paupières et qui n'arrêtaient jamais de bouger, de fureter, de cisailler l'air ambiant.

Il était extrêmement difficile de regarder le monde avec de tels yeux. Quand on l'examinait ainsi, froidement, soudain les pinces du regard se retournaient à l'intérieur de la tête, qu'elles déchiraient. La petite fille en avait fait la brève expérience, quelques jours après le supplice des fourmis. Et cependant, Man Bobette et le pilon avaient ces yeux-là en permanence, sous leurs paupières dolentes, sans que nul sur la terre ne s'en doute. Les yeux de Bobette, il est vrai, laissaient parfois paraître entre leurs cils l'extrémité d'une pince. Tandis que ceux du pilon étaient si bien voilés, si parfaitement lisses au milieu de son visage que ce diable Congo avait perdu jusqu'au souvenir du fouet. Il allait et venait sur l'Habitation du Parc, y posant doucement son pilon, y courbant doucement son dos, y fumant doucement sa pipe, avec un air de mendier une parole, une caresse, un même front penché, une même échine fondante devant les Maîtres et les Commandeurs, devant les jaunes de l'Habitation et les nègres de cannes, les vieilles impotentes, les plus petits enfants nus. A le voir ainsi, on eût dit sa personne entière à l'image de son coq, saisi par les chiens voici bien long-temps, ce fameux jour où on l'avait rattrapé dans les bois. Et quand il s'asseyait sur son unique talon, tout replié contre le mur de torchis, on pouvait croire cette vieille tête blanche aussi endormie et défaite que le vieux coq blanc qui s'exhibait en toute innocence aux regards.

Mais lorsque l'enfant Rosalie se réveillait, très tard dans la nuit, tirée de son sommeil par un éclat de voix, elle surprenait parfois le pilon et Man Bobette qui chuchotaient dans un angle, à la lueur d'une mèche d'huile ; et non seulement le pilon avait alors ces yeux-là, des yeux de crabe, tout pareils à ceux de Man Bobette, mais il arrivait même qu'il eût les yeux de la Bambara sauvage, des yeux de flamme, de soufre et de cendre, qui insultaient les Maîtres plus que les paroles jaillissant de sa bouche ensanglantée par les fourmis.

De tels mystères vous laissaient rêveuse, dans l'ombre d'une cahute qui frissonne au vent, quelque part, sur une petite île à sucre...

Une nuit, des voix lointaines traversèrent l'obscurité et l'enfant Rosalie tendit l'oreille. Cependant, elle ne faisait pas un geste, n'émettait pas le moindre soupir, attentive à ce que le souffle même de sa respiration ne la trahît pas. Son cœur se mit à battre comme une cloche, il lui semblait qu'on pouvait l'entendre à de grandes distances dans la nuit. Pourquoi Man Bobette et le pilon ne s'en inquiétaient-ils pas ; et plongeaient-ils si profondément dans leurs secrets, qu'un tel tintamarre passât au-dessus de leurs têtes ?... Voilà une chose peu ordinaire, se disait l'enfant Rosalie, cependant que la cloche de sa poitrine se muait en une petite clochette, puis en l'appel angoissé d'une grenouille, en le clapotis paisible d'une rivière qui inondait froidement ses membres.

Il y eut alors un temps, un autre temps, et l'enfant commença à percevoir le chuchotis des paroles qui s'échangeaient au fond de la case. Les deux amis n'avaient pas allumé la petite mèche d'huile, et leurs voix semblaient différentes, leurs propos inhabituels. Ce n'étaient pas des paroles de mélancolie, qui s'écoulent finement dans la nuit, s'y perdent comme la pluie dans le sol. On eût dit des sons d'une tout autre nature, des mots solides, rugueux, des sortes de pierres que les deux grandes personnes amassaient, penchées l'une sur l'autre comme pour en faire ensemble un tas. Et bientôt elle entendit le pilon murmurer une chanson lente, presque sans musique, une chanson qui ne pouvait se danser et que la petite fille entendait pour la première fois :

Nous nous en allons dans la nuit
Nous marchons dans les ténèbres
Dans la douleur et dans la mort

Le chant était si beau, il en émanait tant de douceur, de consternation paisible et d'effroi que l'enfant Rosalie se demanda si elle ne rêvait pas les paroles et la musique de ce chant, si Man Bobette n'était pas présentement en train de dormir, allongée sur son lit de fanes sèches, au fond de la case, cependant que sa petite fille errait en songe.

— Pourquoi marcher ? fit alors la voix anxieuse de Man Bobette. Pourquoi ne pas nous coucher par terre, en finir une fois pour toutes, pourquoi bon Dieu ?

La voix du nègre à pilon s'éleva avec la même réserve, la même lenteur de cérémonie qu'il avait mise dans son chant :

— Je te l'ai dit cent fois, négresse, nous ne sommes pas ici pour servir de bœuf au Blanc. Ce sont les Dieux d'Afrique qui nous envoient, afin que nous prenions possession de ce pays. Tous ceux qui suivent la voix des Dieux prendront le bateau du retour ; tandis que les bœufs, ceux qui lèchent le bois de leur joug, ils serviront les Maîtres au ciel comme ils l'ont fait sur la terre.

— Ce n'est pas ce que disent les nègres d'eau douce, insista douloureusement Bobette. Je sais bien que leur langue est pourrie, mais peut-être savent-ils ces choses-là mieux que nous. Et c'est tout le contraire qu'ils disent : les mauvais nègres comme nous, on les attellera à des charrues et ils serviront les Maîtres pour l'éternité…

« Et puis d'ailleurs, quel est ce bateau ? acheva Man Bobette d'une voix si faible et alanguie que la petite fille se retint de crier.

— La mort est ce bateau, dit tranquillement le vieux nègre à pilon.

Il y eut alors un long silence, et, comme si elles se fussent concertées, les voix du vieux et de la vieille s'élevèrent ensemble, à peine audibles, un filet d'eau salée et un filet d'eau douce, dans la nuit, murmurant l'une de ces chansons que les adultes s'interdisent en

61

public et que les enfants eux-mêmes ne fredonnent qu'à regret, dans la crainte obscure des plus grands châtiments :

Odidilo
Le bateau est dans les bois
Allons monter
Allons

Puis il y eut un nouveau silence, encore plus long que le premier, un silence de ténèbres dans lequel germaient de nouveaux secrets, et, subitement, la voix de Man Bobette exhala :

— Cher nègre, ta bouche souffle la vérité, mais le feu même qui réchauffe les uns brûle les autres. Ceux qui ont encore une nation, un village, ils pourront sans doute prendre le bateau du retour ; mais ceux dont la nation n'est plus, ceux dont le village est détruit et dont les ancêtres sont morts... ceux-là où iront-ils donc, mon bon nègre ?

— Paix et paix, dit alors le pilon d'une voix calme. Ici nous apprenons que notre patrie est plus grande que notre village ; ici, même ceux qui ont un village apprennent à l'oublier. Négresse, je te dis paix et paix : car ma patrie n'est plus dans mon village.

— La paix seulement, concéda Man Bobette en un fin sanglot : mais alors où est-elle, ta patrie ?

Une flamme craqua dans la profonde obscurité, éclairant le visage d'une jeune fille Congo au long cou fléchissant, aux traits comme un museau de biche, et dont les cils couchés sur la paupière étincelaient de larmes qui se détachaient les unes après les autres, comme les perles d'un collier défait. Puis la lumière se déplaça, et l'enfant vit le vieux nègre poser un ongle sur la peau noire de son avant-bras, en ce geste fatal qu'elle avait vu cent fois, au cours de sa petite existence, le fameux *geste de la couleur* qui résumait toutes choses ici-bas, pour les êtres blancs et les jaunes et les noirs de l'Habitation du Parc :

– Voilà ma patrie, dit-il simplement.

A ce moment, l'enfant émit un son d'effroi et les grandes personnes se retournèrent vers elle, tandis que la case entrait à nouveau dans les profondeurs de la nuit. Elle entendit le pas léger de Man Bobette qui s'approcha, s'agenouilla, posa une main sur les yeux de la petite fille, sur sa bouche, sur son cœur battant ; et puis commença de la frapper en silence, visant particulièrement les reins, le dos, le ventre. Man Bobette frappait avec une sorte de régularité lointaine, assidue, et de temps à autre s'arrêtait brusquement, murmurant d'une voix boudeuse, empreinte de nostalgie : *Hélas, cette chair ne songe qu'à trahir...* Il y avait aussi quelque chose de rare, de très surprenant dans sa manière de porter les coups, et la petite fille s'interrogea gravement à ce sujet. D'ordinaire, Man Bobette se limitait aux parties vêtues de son corps, car les Maîtres n'aiment pas que l'on abîme les petites filles jaunes et tout spécialement leur visage, bien précieux entre tous. Ainsi, depuis toute petite, l'enfant Rosalie avait pris l'habitude de se taire sous les attaques de sa mère, dans l'espoir, la vaine espérance de lui éviter un Quatre-Piquets. Mais aujourd'hui, les poings osseux atteignaient de nouveaux domaines, gagnaient les régions interdites du cou, de la nuque et des joues, et l'enfant Rosalie se demandait pourquoi cet égarement soudain, cette absence de retenue. Peut-être Man Bobette voulait-elle l'enfoncer en terre, et se désespérait de ne pas y arriver,

63

peut-être. Un temps infini s'écoula ainsi, un temps qui échappait au temps et semblait fait de soifs, de pierres calcinées au soleil, et de l'écoulement d'une rivière parmi la verdure bleue des grands arbres. Enfin, la voix du vieux nègre à pilon se fit entendre, la pluie de coups cessa et tout devint comme une plage silencieuse et lisse dans la nuit, cependant que la petite fille se demandait déjà, mi-souriante, mi-émue : Mais qu'est-ce qu'elle a donc aujourd'hui, la négresse Bobette ? Jésus Marie la Vierge, mais qu'est-ce qu'elle a dans son corps vivant, cette femme-là ? Rhoye rhoye, rhoye, mais qu'est-ce… ?

Il en fut ainsi le lendemain, le surlendemain et dans les jours qui suivirent. Man Bobette semblait prise de frénésie. Elle y allait de plus en plus fort, avec ce même air buté et incompréhensible sur ses traits. Mais une nuit s'éveillant, l'enfant Rosalie sentit que sa mère était couchée près d'elle et lui caressait les cheveux en pleurant. Elle eût voulu dire quelque chose, saisir cette main : mais elle était si effrayée qu'elle n'osa pas. Soudain elle se rendit compte qu'elle s'endormait sous la caresse, et elle fit tout son possible pour rester éveillée : mais elle n'y arriva pas.

Au réveil de l'enfant, quelques fils de lumière se mêlaient aux brins de chaume du toit. La case lui parut aussitôt d'une petitesse extrême. Elle se mit sur son séant, considéra le vide dans l'angle de Man Bobette : une simple coulée de feuilles sèches. Sans doute étaient-ils déjà à mi-pente de la montagne, Man Bobette et le vieux nègre à pilon, et grimpant, glissant ensemble, tombant et se relevant, s'accrochant à tout ce qui dépasse, avec pour seule pensée d'arriver au plus haut avant que ne retentissent les premiers appels des chiens. Elle rêvait ainsi quand le Commandeur fit irruption dans la case, et, tandis qu'il lui tordait habilement le bras, elle souriait en elle-même, songeant : viande morte ne sent pas le fer. Après son départ, elle secoua ses cheveux, secoua les brindilles sur son caraco, secoua un peu d'eau dans sa bouche et découvrit subitement, dans l'ouverture de la case, trois petites têtes noires qui l'observaient avec intérêt. Elle les suivit sur le plateau, en bordure du champ de cannes, pour mieux entendre la voix des chiens qui atteignaient déjà les premières pentes. De l'autre côté, en contrebas du plateau, le soleil sortait de son bain et s'égouttait précieusement dans la mer. Les trois enfants amorcèrent un jeu. Elle pensa qu'il y en avait, des négresses, qui emmenaient leurs petits dans la montagne, et sans doute prenaient-ils ensemble le beau navire pour l'île à Congos. Et les yeux secs elle s'avança gravement pour une danse de Blancs, un petit pas de menuet, cependant qu'elle se disait à elle-même, avec douceur : c'est comme si je criais, c'est comme si je criais.

3

La carrière de Louis Mortier s'était faite sous le signe
de son père, Jacques Mortier dit Jacqou, ancien « en-
gagé » par-devers les fondateurs de la dynastie du Parc.
Vers la fin du XVIIe siècle, ces derniers ne portaient pas
encore à gueule d'or sur fond d'azur ocellé. Leur
troupeau se bornait à une trentaine d'Africains, juste
soutenus par quelques nègres d'Europe, comme on
désignait, parfois, les manouvriers blancs. La fortune
des du Parc est associée à la signature, en l'an 1700,
d'un contrat par lequel la compagnie de Guinée s'oblige
à fournir onze mille tonnes de nègre. Les du Parc étaient
alors simples traitants à la Basse-Terre. Ayant eu vent
de l'affaire, ils obtinrent le meilleur au plus juste ; bla-
son et particule s'ensuivirent.

Mortier le père était un pauvre serf beauceron, fatigué
des corvées, et qui n'avait pas craint la réputation
fâcheuse des engagements à la colonie : dix-huit mois
d'esclavage, au rang des Africains, contre la traversée
de l'Atlantique et l'autorisation de faire fortune, à son
tour, au terme échu du contrat. Le cruel était qu'on ne
se souciait pas de faire vivre les engagés plus de dix-
huit mois ; tandis que les esclaves africains, capital
inaliénable, souvent amorti en moins de deux ans,

66

avaient chance de tenir six ou sept ans avant de se voir réduits en fumure. Les récits de Monsieur le Père décrivaient une époque ancienne, héroïque, révolue, où le nègre était denrée rare, le Caraïbe en voie de disparition. Néanmoins ils épouvantèrent le fils, qui se jura de mourir dans la peau d'un propriétaire. Tout jeune il s'essaya à la culture du café, comme tout le monde, et se trouva ruiné du jour où cet élixir se vendit dans les rues de Nantes, aux pauvres, à titre de boisson. La baisse en Métropole fit tomber le prix de Guadeloupe, et, conséquemment, la valeur des trois nègres qu'il avait achetés à leur pesant d'or, au temps où le café était roi. Le sucre fit alors son apparition. Mais il nécessitait de grandes surfaces, un matériel que seuls les gros concessionnaires pouvaient acquérir. Les petits blancs vendirent leurs carreaux de terres. Puis le cours du nègre remonta, avec la hausse du sucre, mais il était trop tard : Louis Mortier n'était plus que le gérant-économe des du Parc.

Quelques années plus tard, les du Parc s'installaient à Paris où ils essaimèrent dans la magistrature et l'épée. Louis Mortier, qui passait des dépendances au château, les maintenait en l'état de leurs affaires par des rapports mensuels, au gré du vent, des flots nacrés et changeants, et de la concurrence anglaise qui prenait encore la forme excessive du canon. Dans l'une de ces lettres, en date du 13 janvier 1771, il annonce l'acquisition de trois mâles et deux femelles en remplacement de forces éteintes. Mais la valeur du lot lui semble douteuse, la marchandise ayant beaucoup souffert de la traversée. Ainsi, en dépit de son œil averti, il déclare avoir été

dupe d'une jeune négritte de seize ans, atteinte probablement du haut mal. Elle s'était évanouie en plein
milieu du marché de Basse-Terre, avec force écume et
cris, au moment qu'il inspectait ses fentes par crainte
de la vérole, de la mort verte et autres pestes qui lui
seraient venues par le chemin du bâtard dont elle était
joliment enceinte. M. Mortier espérait qu'elle tiendrait
jusqu'à ses relevailles, ce qui ferait compensation à sa
perte probable. Apparemment, elle n'était pas en proie
au haut mal, admit-il quelques semaines plus tard. Mais
on était obligé de l'amarrer en permanence, et surtout
de l'isoler, en raison de l'exemple qu'elle donnait
à avaler sa langue, à se repaître de cailloux et autres
incongruités, et jusqu'à se vouloir étrangler en tirant la
barre qu'on avait eu l'imprudence de lui mettre autour
du cou. Craignant le mal de mâchoires, qui sévissait
alors dans les plantations, M. Mortier assista lui-même
à l'accouchement de la créature. Et une esclave fut pré-
posée à la garde du nouveau-né, qui en répondit sur sa
tête jusqu'à ce que nature ayant fait son œuvre, la
femelle se soit attachée à son petit.

La négresse Bobette avait accouché d'un produit fort
curieux, qui laissait présager une grande valeur future.
Une métive à simples yeux verts avait atteint trois mille
cinq cents livres aux enchères de la Pointe-à-Pitre.
C'était il est vrai une mulâtresse à *talents,* mais
rien n'empêcherait celle-ci d'en acquérir, M. Mortier y
veillerait en personne. Malheureusement, on ne put
séparer l'enfant Rosalie de sa mère, car elle prenait
aussitôt les affections de la bouche, les purulences
des yeux, du ventre, le faciès triste qui annonce la
consomption. Les nègres disaient que le cordon ombilical avait été mal sectionné, que c'était irrévocable.

68

M Mortier se résigna, fit établir une surveillance étroite, de crainte que la négresse n'abîme son petit, comme il arrive trop souvent avec les enfants de Pariade. De temps en temps, il faisait venir l'enfant au « château », et huiler, laver, bouchonner de toutes les manières, afin de bien marquer aux yeux de tous son statut d'exception. Mais, en dépit des traces qu'elle portait sur son corps, et qui en appelaient parfois d'autres sur la négresse Bobette, la petite fille ne semblait pas désireuse d'habiter la grande maison. A peine était-elle nettoyée, lustrée, qu'elle se roulait dans la poussière avec des cris, des hurlements, de sorte qu'elle revenait toujours aux cases-nègres dans son état initial. Un jour, elle trottinait sur ses quatre ans, le mulâtre Polycarpe assura l'avoir vue au bord du ruisseau, assise toute seule qui recouvrait son visage de vase noire, et puis se contemplait avec béatitude. Il fallait prendre patience, dit-il à M. Mortier, car le cordon tenait visiblement à l'ombilic ; mais que le Maître se rassure, précisa-t-il en souriant, car le cordon des mulâtresses finit toujours par tomber.

Le marronnage de Bobette ne l'affecta pas outre mesure ; c'était un soulagement, une économie. La malheureuse ne s'était jamais acclimatée au pays. En moins de quelques années, cette toute jeune négritte, presque une enfant, était devenue l'une de ces horribles vieilles aux yeux vides, qui sont la plaie des plantations, ne rapportent guère plus que la pâtée quotidienne, et que le seul sentiment chrétien éloignait M. Mortier *d'écarter de son chemin,* comme faisaient certains habitants bien connus pour leur goût des horreurs. Plusieurs semaines durant, M. Mortier fit exercer une surveillance discrète sur l'enfant confiée à une voisine. Selon le mulâtre Polycarpe, commandant du quartier, la fillette était sage mais avec un petit air d'attendre qui ne disait rien qui vaille. Passant outre à l'avis, M. Mortier décida de faire cadeau de l'enfant à sa propre fille, Xavière, de même âge que Rosalie et que l'histoire de cette dernière toucherait assez pour qu'elle en fît une cocotte. Xavière avait un naturel doux, suave, on ne risquait rien à lui confier un objet si charmant. Le seul ennui était le fâcheux bégaiement de Rosalie, qui l'avait saisie juste après le départ de sa mère. Selon Polycarpe toujours soupçonneux, la petite fille ne bégayait pas en chantant, de sorte qu'il y voyait une mauvaise volonté, une façon de marronner comme sa mère, une sorte de perfidie. M. Mortier fit donner un coup de rasoir sous la langue de l'enfant, ainsi qu'on fait du voile des oiseaux. La petite fille ne paraissait pas souffrir. Un filet de sang coulait de sa bouche aux coins baissés, boudeurs, un peu en gueule de brochet. On y posa de l'arnica et elle bégaya comme devant. M. Mortier la saisit d'une main et l'entraîna vers Man Loulouze, la gouvernante. Lavez-moi votre diable, ordonna Man Loulouze impérative ; et la petite fille de s'asseoir calmement dans la cuvette et de savonner son entrecuisse rose, son diable, comme elle avait fait de ses cheveux effilés sur l'épaule, de ses pieds rugueux, de ses dents frottées de cendre et poncées au bâton de citronnier. Man Loulouze la renifla sous toutes les coutures et finalement posa son diagnostic : l'odeur de négresse est partie. Puis elle l'embrassa sur les joues et déclara sévère, les yeux bien dans les yeux de la petite fille :

– Qui n'a pas mère tète grand-mère…

Alors M. Mortier la fit habiller d'organdi blanc (quoique la laissant pieds nus, selon l'usage) et la conduisit toujours aussi silencieuse devant Xavière qui s'émerveilla de ses yeux de couleur différente, lui demanda s'il était vrai qu'on l'appelait Deux-âmes. Les quatre petites esclaves de Xavière pouffèrent de rire. Ravi, M. Mortier s'éclipsa dans le couloir. Mais à travers les jalousies mobiles de la porte, il observa, non sans émoi, la scène délicate qui se déroulait à l'intérieur : la petite Rosalie debout au milieu du salon, un air rêveur et absent et bégayant calmement : Ou-oui, c'est co-comme ça qu'on m'appelle. Et Xavière fronçant les sourcils et disant d'un air fâché : Il faut dire oui maîtresse. Et cette quarteronne de Nini disant : Maîtresse, donnez-lui une fraîcheur. Et Fifine l'acidulée renchérissant là-dessus : Maîtresse, à quatre piquets. Et puis à la grande tristesse de M. Mortier, sa douce Xavière approuvant les préparatifs et la curieuse mulâtresse s'allongeant sur le ventre, sans mot dire, après avoir proprement rabattu sa robe sur ses reins, cependant que chacune des autres esclaves la tenait par la cheville ou le poignet. Et enfin la petite maîtresse se saisissant d'un mignon fouet à manche d'os, et le soulevant en grimaçant, comme fait le Commandeur...

A ce moment, M. Mortier étouffa une plainte et, en une sorte d'éclair, il entrevit la malédiction dans laquelle l'esclave entraînait son maître, tous deux rivés à une même chaîne qui les reliait plus étroitement que l'amour ; mais déjà, au lieu d'abaisser son fouet, la facétieuse enfant en caressait doucement la nuque de la nouvelle et éclatait de rire, imitée aussitôt par ses compagnes. Puis elle releva la fillette de ses propres mains et lui dit en souriant : Je ne suis pas comme ma sœur Adélaïde, je ne joue jamais avec le fouet. Mais il

71

faut me dire maîtresse, sinon papa ne sera pas content et ma sœur se moquera de moi. Alors c'est entendu, tu me diras maîtresse ?

Et comme la petite esclave hochait la tête avec obéissance, Xavière ajouta non sans vivacité : Et maintenant dis-moi, as-tu vraiment deux âmes ?

Keppe, keppe, faisait-elle en secret, du bout de sa glotte frappée contre le palais ; keppe, keppe, s'égosillait-elle en silence, par ce mouvement qui sert aux négresses à manifester leur indignation ; keppe, keppe, c'est donc ça ce qu'elle voulait pour moi, la négresse Bobette : alors c'était donc ça ?

Et cependant elle allait et venait à ses affaires, dans la grande case, aimable à tous, à tous indifférente, et soucieuse seulement de ne pas déplacer le masque doucereux posé sur ses traits. Ces trois semaines de « rafraîchissement » l'avaient transformée. Son corps baigné, nourri, reposé, éclairci de petites saignées, lavé de casse et de tamarin, humecté d'huile de palma-christi, qui dénoue les jointures, n'évoquait plus la bête inquiétante qu'on avait admise dans l'arche, le mois dernier, un filet de sang aux coins de la bouche. On eût dit une bergère de salon : le cou léger, aigu, tombant à angle droit sur des épaules égyptiennes ; les bras graciles qu'elle tenait toujours plaqués le long du torse, sagement, ainsi que font les poupées de cire aux jointures articulées. Mais il y avait cette cruelle absence dans ses yeux, qui semblaient doués d'une vie minérale et chatoyaient, comme ces globes en verre qui tournoyaient lentement dans la chambre de Mme Mortier, de l'aube au soir, au bout d'une chaînette d'argent. Et derrière ces yeux-là, loin en retrait, bien enfouies dans son crâne de poupée, il y avait quantité de pensées nouvelles qui s'agitaient comme des crabes. Jamais jusque-là, jamais elle ne s'était sentie aussi proche du secret de Man Bobette. Et tandis qu'elle allait et venait, dans la grande case, apprenant les courbettes, les sourires, les manières qui conviennent, toutes sortes de phrases à secret s'élevaient comme des étoiles filantes dans son cerveau. Qu'elle fût à la cuisine, en la salle à manger, ou bien dans la chambre de Mlle Xavière, subitement elle entendait la voix familière qui déclarait, comme autrefois, dans les temps déjà anciens de Man Bobette : Pays de Blancs, pays de la folie. Quand elle entendait ces mots, ses paupières descendaient vite sur ses yeux, les crabes rentraient leurs pinces dans son crâne, et Man Bobette remarquait prudemment : Attention, celui qui te connaît appartient pour toi aux bêtes qui tuent. Et si elle se plaignait, reprochant à sa mère l'état dans lequel elle se trouvait, perdue en pays blanc, oubliée de tous, Man Bobette lui clouait aussitôt le bec en ces termes : Si une mouche, disait-elle, si une mouche est morte dans une plaie, elle est morte là où elle devait mourir. Alors Deux-âmes abaissait davantage les paupières, trouvant ce jugement équitable, ou bien elle roidissait son cou de fureur, tandis que les crabes se jetaient sur Man Bobette, ou bien encore elle bombait le ventre, lâchait tous ses crabes sur la grande case, saisissait torches, coutelas, fioles à poison et se retrouvait clouée au poteau d'entrée de la rue case-nègres, tandis que la voix âpre de Man Bobette lui murmurait en consolation : Ma chère, toute flèche dont tu sais qu'elle ne te manquera pas, fais seulement bien saillir ton ventre, qu'elle y frappe en plein.

Les tâches étaient dérisoires, et d'une facilité enfantine au regard des champs : sitôt la cloche, on se lavait soigneusement, on chassait l'odeur de négresse et puis l'on s'habillait de façon coquine, on aidait celles aux cheveux crépus à se faire une coiffure décente, on s'en allait à la cuisine déjeuner d'une mangue ou d'une crème au lait. Ensuite, on se précipitait vers la chambre du fond et l'on attendait le réveil de sa maîtresse, assises chacune à un angle de la pièce aux volets clos, immobiles, le souffle inexistant, cependant que la petite forme rose et blonde reposait sous une coupole de mousseline. Deux-âmes apprit à laver et à coiffer sa petite maîtresse, et bien que son bégaiement énervât parfois celle-ci (au point qu'elle lui donnait des petits coups d'index au travers de la bouche), elle devint insensiblement sa préférée, sa cocotte, comme on disait de celles qui étaient intimes de leur suzeraine, buvant ensemble des sorbets, leur grattant la plante des pieds aux heures de la sieste, écoutant leurs histoires et y allant d'un ragot, d'un potin de cuisine, d'une chansonnette en patois que les maîtresses apprenaient avec avidité, comme si elles eussent, dans un repli caché du cœur, la nostalgie de cette vie sauvage dont elles avaient sucé, à la mamelle, le goût âpre en même temps que le mépris. Maîtresse Xavière paraissait de cire tant elle était blanche et Man Loulouze murmurait qu'elle ne vivrait pas. Elle avait des vertiges, des vomissements, elle n'allait jamais au soleil sans une ombrelle, un chapeau de paille, et un voile de dentelles qui retombait jusque sur ses épaules. Elle pleurait pour une épine, pour une remarque de sa mère, pour un frisson de l'air eût-on dit, de longues heures, sur son oreiller. Mais jamais elle ne se plaignait, jamais au grand jamais n'élevait la voix, lors même que M. Hubert ou Mlle Adélaïde lui abîmaient une de ses cocottes. Elle n'était pas du tout en faveur des mangers-cochons, comme était le jeune M. Hubert, ni pour se faire promener, ainsi que Mlle Adélaide, dans une petite voiture tirée par huit négrillons harnachés comme des chevaux. Elle préférait ses poupées, son ara, sa boîte à musique aux rouleaux hérissés d'épines qui jouait *Le Troubadour* et *Le Carnaval de Venise*. Elle ne parlait jamais de vous éplucher, de vous nettoyer les os de la viande pourrie qu'il y a autour, de vous apprendre à dormir trois mois sur les coudes, les fesses en l'air. Mais selon Deux-âmes, elle avait certaines plaisanteries éminemment regrettables. Ainsi, lorsqu'une de ses cocottes l'avait mécontentée, elle lui disait : je te vendrai à M. Chaperon. Le dénommé Chaperon était un habitant du voisinage qui avait fait entrer un de ses nègres dans un four chaud ; et depuis lors, les Maîtres avaient coutume de vous menacer de cet épouvantail. Deux-âmes savait qu'il n'était pas sérieusement question de vendre une cocotte à M. Chaperon. Mais lorsqu'elle entendait ces paroles prononcées sur un ton léger, doux et triste à la fois, elle haïssait Mlle Xavière plus que tous les autres Blancs de la grande case. Parfois elle se disait que sa maîtresse avait bu à la gourde des folles, et parfois elle se remémorait en souriant les paroles de Man Bobette : Un bavard parle à tel point qu'en tâtant ses fesses il dit, ce ne sont pas les miennes. Mais en général, considérant les traits pâles, doux et tristes de Mlle Xavière, elle murmurait avec une rage secrète : Pays de femmes blanches, pays de mensonges.

Souvent Mlle Xavière la retenait auprès d'elle pour la nuit. Une simple natte jetée à terre y suffisait. C'étaient alors de longues conversations dans l'ombre, à la faveur desquelles Deux-âmes s'initiait au monde des Jaunes et des Blancs. Elle sut qu'on la surveillait discrètement, dans l'hypothèse d'un contact souterrain avec sa mère. Certains Jaunes, surtout Man Loulouze, insinuaient même qu'elle était complice des nègres marrons. Mlle Xavière semblait également très préoccupée par l'existence des nègres marrons : ils étaient debout dans sa tête, elle y revenait sans arrêt. Elle les croyait faits autrement que les autres, pensait qu'ils avaient une image du diable inscrite sur eux, quelque part, un signe visible du pacte ; et elle s'étonnait beaucoup que Deux-âmes n'eût jamais rien vu de tel sur sa mère. La preuve de ce pacte, disait-elle souvent, c'était l'insensibilité des nègres marrons au milieu des supplices : Deux-âmes savait certainement que les nègres ne ressentent pas la douleur comme les Blancs… ?

— Tout le monde sait ça, Maîtresse, disait Deux-âmes effrayée.

— … Mais les nègres marrons, reprenait mademoiselle d'une voix suave, c'était à croire que ces malheureux ne ressentaient rien du tout. Il y avait de la sorcellerie là-dessous, pas possible autrement. Quoiqu'on leur fît, ils souriaient ou vous insultaient tranquillement, comme si vous n'étiez pas digne de leur colère. Et d'ailleurs, poursuivait-elle d'un air inquiet, son père était lui aussi convaincu du rôle joué par le diable dans cette affaire. M. Mortier assurait avoir vu des nègres marrons traités aux fourmis, traités par le sac, le tonneau, la poudre au cul, la cire, le boucanage, le lard fondu, les chiens, le garrot, l'échelle, le hamac, la brimbale, la boise, la chaux vive, les lattes, l'enterrement, le crucifiement ; et toujours parfaitement en vain ou du moins sans résultat appréciable : le même sourire sur leurs lèvres maudites, la même façon lointaine de vous insulter, comme si vous n'existiez pas vraiment, à leurs yeux…

A cet instant Deux-âmes, qui se souvenait de la négresse Bambara, ne pouvait s'empêcher de dire, ses paupières baissées avec crainte, mais intérieurement transportée de joie, de douleur et d'une tendresse ineffable :

– Les fourmis rouges non plus, ça ne leur fait rien, Maîtresse ?

– Pourquoi les fourmis rouges ? demandait Mlle Xavière.

– Parce que c'est ce que je préfère, disait Deux-âmes, entendant naïvement par là : c'est ce que je crains le plus au monde.

– Moi, disait alors Mlle Xavière, c'est qu'on m'arrache les dents une à une, toutes les dents une à une, comme fait M. Chaperon : je les ai tellement sensibles que ce serait à mourir, même si j'étais négresse…

Et puis elle bâillait de façon charmante, posant une main en travers de sa bouche, comme font tous les habitants de la grande case. Deux-âmes se glissait sous la mousseline et de ses ongles fins, lui grattait savamment la plante des pieds. Certaines fois Mlle Xavière s'endormait à une chanson, certaines fois il fallait un murmure, certaines le silence. Et c'était toujours la même chanson qu'elle voulait, toujours cette chanson de cannes Zulma, à cause de la mélodie plaintive, peut-être, qui s'accordait avec les mouvements fatigués de son cœur :

> *Tuez-moi mais rendez-moi Zulma*
> *Rendez-moi ma Zulma*
> *Pour vivre sans elle*
> *Je n'ai pas les moyens*

77

Lorsque mademoiselle s'était endormie, Deux-âmes se levait doucement et s'approchait de la fenêtre, au travers de laquelle, tamisée par le grillage anti-moustique, la silhouette de la montagne se dessinait dans la nuit claire. Des feux apparaissaient dans les hauteurs, qui étaient des lucioles suspendues à un arbre du voisinage, des étoiles à la cime d'un piton. Mais l'enfant y voyait volontiers les feux de camp des marrons, et elle rêvait à cette négresse héroïque de Bobette, elle y rêvait de longues heures, en ponctuant sa songerie de keppe keppe réprobateurs à l'intention de sa maman qui se faisait si longtemps attendre : combien de jours déjà, combien de semaines ? Au moindre bruit alentour, au plus léger craquement son cœur s'arrêtait de battre : serait-ce l'heure ? Et puis des traînées orange s'étiraient dans le ciel, et l'enfant se recouchait dans l'ombre sur sa natte, aux côtés de sa maîtresse, en suscitant au fond de sa gorge des keppe keppe de plus en plus minuscules, jusqu'à ce qu'elle s'endormît enfin, toujours secouée d'indignation.

A cette même époque, un certain Carrousel gagnait les bois pour en revenir de son propre chef, deux mois plus tard, pleurant toutes les larmes de son corps. Le malheureux voulait expier, il déchirait ses joues creuses de ses ongles, glissait une langue d'épouvante sous la semelle de M. Mortier. Il disait que le démon s'était mis en lui et l'avait halé comme avec une corde, une longe invisible vers les bois. De tels sortilèges n'étaient pas rares dans les plantations : on crut le pauvre nègre d'eau douce, on lui fit grâce et l'on coula une pimen-

tade sur ses plaies, afin qu'il en eût bon souvenir. Puis
on le dota d'un groin de fer, d'un carcan surmonté par
une immense croix de Saint-André, et on le renvoya
sans plus attendre aux champs. Il allait comme à une
procession et les bras de sa croix vacillaient, l'entraî-
naient vers la terre, en des chutes lentes et solennelles.
On retirait le masque une fois par jour, à la distribution
de nourriture. Il prononçait alors un Notre-Père et disait
quelques mots, revenait toujours à son odyssée dans les
bois. Un jour, il déclara avoir vu la négresse Bobette
sur les hauteurs de la Soufrière, en compagnie d'une
horde d'eau salée. Elle avait des cheveux, un air surprenant de jeunesse, elle dormait avec un gra...
Arada et venait de mettre au monde un e...
noir et joli qu'une graine d'icaque.

La petite fille se mit à rêver, habitée par...
étrange. Tous les soirs, regardant la monta...
semblait tomber comme un poisson mort da...
Alors c'est comme ça? se disait-elle affolée;...
bonnement comme ça? Et, par un détour sin...
l'âme, elle s'astreignait à une obéissance enc...
parfaite, acharnée dès l'aube à se rendre uti...
montrer la plus aimable petite cocotte qui fût au
monde. Elle y prit goût, trouva soudain une jouissance
extraordinaire, qu'elle n'avait jamais soupçonnée, à
faire montre de servilité. Cette floraison de vertus
inquiéta d'abord, puis rassura tout à fait : Man Loulouze l'attira dans ses jupes, Mlle Xavière lui remit en
garde son ara, et M. Mortier mis en confiance lui fit
donner des leçons de couture, de français, de harpe
indienne et surtout de chant, car, disait-il, elle roucou-
lait comme une colombelle. Mais un beau jour, sans
que sa pauvre tête y fût pour rien, ses mains coulèrent

du jus de manioc frais dans l'auge aux poules, qui entrèrent toutes en agonie. Elle se demanda comment révéler cette action glorieuse à sa mère, qui se trouvait si loin, sur les hauteurs de la Soufrière ; puis elle décida que l'autre n'avait pas à le savoir, car Deux-âmes avait agi toute seule, pour elle-même, pour sa propre satisfaction et *la faveur de son plaisir.* Et d'ailleurs Man Bobette pouvait crever, crever comme les poules ses jambes raidies sous elle, ses yeux injectés de sang, son bec de négresse ouvert comme un entonnoir : bon vent, dirait Deux-âmes, bon vent ma chère, bon vent. Elle attendit une prochaine occasion de *faire le mal,* plus savoureuse encore, atteignant les humains et qu'ils soient noirs, jaunes ou blancs n'importe. Elle était si pleine de ces nouveaux sentiments qu'elle accueillit avec joie, désormais, ce qui lui arrivait dans les couloirs de l'Habitation du Parc : c'étaient autant de cailloux qui se déposaient sur son cœur, et qui lui donneraient la force, le jour venu… Cependant, elle craignait maintenant de devenir *autre*, elle le craignait et le désirait,… mais surtout le craignait atrocement : quelque chose de terrifiant, un chien, par exemple, comme on dit que certaines personnes mauvaises *tournent.* Et la petite fille se demanda ce qu'elle préférait : si c'était de *tourner* en chien à forme de chien, ou bien en chien à apparence humaine, tel ce nègre efflanqué, tout en os, qu'elle avait vu avec Mlle Xavière, le jour de la visite aux voisins du Bas-Carbet ; ce vieux nègre tout nu dans sa niche, les yeux clos, un collier de fer autour du cou. Elle avait beau y réfléchir, impossible de dire ce qu'elle préférait, ce qu'elle craignait le plus. Elle aboyait maintenant en rêve, et sa maîtresse la renvoyait dans les communs, dormir avec les autres domestiques. Plus

tard, ceux-ci se plaignant à leur tour, on lui ménagea
une couche derrière l'Habitation, dans l'ancien pressoir, où elle fut toute seule et heureuse de l'être. Il n'y
avait que l'ara, la tête oblique, qui croassait en somno-
lant sur une barre du pressoir en ruine. Parfois ces
croassements l'inquiétaient, elle s'approchait de l'animal, penchait la tête sur l'épaule, comme lui, et disait
avec une sorte de douceur consternée, paisible : Que
faut-il que je fasse de toi : te battre n'est pas assez, et te
tuer c'est trop. Elle le prenait dans ses bras, le berçait,
chantonnait pour qu'il prît sommeil, et le reposait sur
la barre où les griffes s'accrochaient d'elles-mêmes.
Alors elle se tenait toute droite, au milieu du réduit, et
faisait tourner sa tête autour de son cou, lentement, des
heures durant, dans l'ombre qui s'épaississait et puis
gagnait son cœur, – l'invitant subtilement aux méta-
morphoses…

Selon une tradition orale, encore vivace à la Côte-
sous-le-Vent, du côté des pitons de Deshaies, c'est vers
l'âge de onze ans que la petite fille de Bayangumay
tourna en zombi-cornes. En ce temps-là, disent les vieux
conteurs créoles, la malédiction était sur le dos du
nègre et le talonnait sans arrêt ; on se couchait avec tout
son esprit pour se réveiller chien, crapaud de marées ou
zombi, comme aujourd'hui l'on se réveille avec un
cheveu blanc. Cela n'étonnait personne, et les gens
disaient ah, ils disaient seulement : ah. Il y avait alors
une grande variété d'Ombres dans les îles à sucre :
nègres morts animés par magie, nègres vivants qui
avaient chu dans un corps de bête, et d'autres, d'autres

encore, dont l'âme était partie on ne savait où. Ces derniers portaient habituellement le nom de zombi-cornes. Ils avançaient comme des bœufs de labour et, leur tâche accomplie, s'arrêtaient tout d'une pièce : ils restaient là, debout comme des bœufs de labour. Les zombi-cornes étaient tout simplement des personnes que leur âme avait abandonnées ; ils demeuraient vivants, mais l'âme n'y était plus.

Ces années sont obscures et leur chronique incertaine. On sait, toutefois, que l'enfant fut vendue et livrée le 8 février 1784, en la bonne ville de Basse-Terre de Guadeloupe. Il semble même qu'elle était descendue au rang de bête des champs, les derniers mois de son séjour à l'Habitation du Parc. Les nouveaux Maîtres l'estampèrent à l'épaule et la mirent au travail de la canne. Ils croyaient avoir acheté un corps prolongé d'une âme, mais quand ils entendirent son rire, ils ouvrirent leurs dix doigts et la lâchèrent sur un autre marché d'esclaves. Il en alla ainsi pour les maîtres suivants, qui entendaient son rire et ouvraient leurs dix doigts ; et tous laissaient des initiales sur son corps, ainsi que des éleveurs qui marquent les flancs d'une vache. Elle devint si sauvage que les hommes ne la possédaient que par force ou par surprise. Et cependant, en dépit de ses yeux éteints, un peu vitreux, et de cette voix nasale qui caractérise les génies de la mort, elle grandissait si belle que ses coups de griffes ne les arrêtaient pas. Un jour elle marqua, pour ainsi dire, ses propres fers sur ses épaules. C'était en saison sèche, elle creusait une fosse à ignames, non loin de la route qui relie le Gosier au Morne-à-l'Eau. Le Maître était dur, le troupeau entièrement nu, sauf les jeunes mères qui retenaient des loques autour de leurs reins. La rigoise des Commandeurs chantait. Un « petit Blanc » s'arrêta au bord de la route, et dit avec la voix qu'ils ont pour dire ces choses : *Ki nom a ou ti fi ?* ce qui signifie : comment t'appelles-tu, mon enfant ? Elle se redressa, s'appuya sur sa houe et eut ce rire, le rire des personnes qui ne sont plus là, car elles naviguent dans les eaux de la Perdition. Puis d'une voix monocorde, mais toujours traversée par ce même rire, elle prononça les paroles qui devaient s'attacher à elle, tout au long de sa brève éternité :

— Avec la permission, maître : mon nom est Solitude.

4

Le chevalier de Dangeau était un homme grand, maigre, toujours souriant, enrubanné, avec un peu de mollesse dans la taille et dans la tournure. Au-dessus d'un nez étroit, en forme sinueuse de bec, il avait de grands yeux errants qui semblaient gonflés de lassitude. Il était arrivé aux Isles sur le tard, après un bref service, en Amérique, sous les ordres du marquis de La Fayette. Il y fit d'abord état de philosophe, à la façon poudrée des temps, et puis se rendit compte qu'il n'avait ni la fortune ni le rang de son esprit. Il jeta sur tout cela le voile des bonnes manières, et d'un sourire qui découvrait les plus belles dents du monde. Enfin devenu à la mode, il obtint charges et concessions de terres, et reprit goût à la philosophie. La plus haute société des Isles s'y adonnait déjà, discourant sur le genre humain, ses vertus, ses lumières, et créant des loges maçonniques où l'on parlait delta, tétragramme, architecture du ciel et droit pour les mulâtres libres à porter des chaussures. Le vaisseau négrier du chevalier prit le nom de *La Nouvelle-Héloïse,* sa demeure fut le Temple des Délices. Elle était sise au milieu d'un parc entouré de hauts murs, une petite société d'hommes s'y réunissait une fois la semaine, pour des propos délicats. Le célèbre ouvrage de Raynal faisait alors le fond des conversations ; certaines raisons de l'abbé étonnaient, vous remuaient jusques aux larmes. Le chevalier rêvait parfois d'une Traite Idéale, plus économe de la souffrance humaine ; mais hélas, achevait-il en souriant d'un air las,... rien n'est aussi indifférent sur terre que d'y commettre le bien ou le mal. Il se répandait volontiers en anecdotes sur M. de Voltaire, qu'il avait fort connu dans ses années parisiennes. L'illustre vieillard, disait-on, était l'un de ses bailleurs de fonds pour l'affrètement de *La Nouvelle-Héloïse*. Les menus propos du chevalier s'en trouvaient comme agrandis, parés de lueurs infinies.

Ces entretiens se déroulaient en présence d'une dizaine d'esclaves des deux sexes, cités par nombre de voyageurs au rang des plus grandes merveilles et curiosités des Isles. Les instruisant selon son maître Jean-Jacques, le chevalier les voulait jeunes, pourvus de toutes les grâces de l'esprit et du cœur, et d'une conformation de traits à la fois régulière et surprenante, empreinte de solennité. Vêtus de la soie la plus fine, luisants comme des idoles, ces esclaves étaient à tous les plaisirs du salon et de l'entresol. Ils parlaient comme des philosophes, chantaient comme des anges et jouaient de tous les instruments à la mode, y compris le cor d'harmonie.

Le chevalier de Dangeau acheta la mulâtresse Solitude le 23 août 1787, à une vente criée en la maison communale de la Pointe-à-Pitre. Il était venu pour une violoniste, personne d'un talent agréable, qu'on disait « faite » dans les écoles d'esclaves de La Nouvelle-

Orléans. Comme il entrait, la violoniste se tenait sur l'estrade principale, cependant que les enchères montaient à ses pieds comme autant d'hommages. Elle était toute en taffetas rose, avec de longues joues noires bleuies de poudre, mais le chevalier la trouva un peu grasse à son goût. Pris d'un malaise obscur, il se mit à flâner dans le vaste entrepôt croulant de marchandises, de ballots divers, d'esclaves immobiles et silencieux devant leur destin. Des bouffées lointaines de violon erraient sur tout cela, avec des accents parfois déchirants. Dans un coin, assise sur une caisse de vin, était une jeune fille la tête appuyée sur la main, l'air maussade, surveillée par un agent de la milice locale. Elle flottait dans un sac de jute à trois trous, et ses pieds étaient nus, ses cheveux en transe. Chacun venait l'interroger : es-tu bonne fille ? sais-tu blanchir ? travailles-tu au jardin ? as-tu jamais repassé ? pourquoi te vend-on ? n'es-tu point marronneuse ? Elle répondait de mauvaise grâce et on lui disait : Ouvre donc la bouche qu'on t'entende, imbécile. Soudain, comme un chaland lui relevait le menton par force, examinant l'état de ses dents, le chevalier découvrit deux grands yeux transparents, de couleur différente, et qui semblaient plantés à l'intérieur d'un visage de cendre et de soie, le sibyllin visage d'une enfant morte...

Les enchères montèrent à quatre cent vingt francs. Elle, le regard froid, impassible, restait appuyée contre un meuble. Le commissaire lui dit, montrant le dernier enchérisseur : Va, voilà maintenant ton maître. Elle leva les yeux, regarda le chevalier, s'approcha de lui toujours du même air. Le chevalier fit répandre sur son corps des flots de musc, d'onguent, de crème, de fard, de parfum. On l'orna de gourmettes, de chaînes pompons, de colliers choux à la créole, de pendants d'oreilles, de corail et de grenat vif; c'était une toilette que l'on surnommait alors la pimpante. On posa enfin sur sa tête un madras jaune vif qui lui donnait l'air à la fois absent et fantasque d'un perroquet. Or, une mélancolie étrange se dégageait d'elle et le chevalier en fut touché, scruta attentivement ces yeux de verre qui semblaient ne rien voir, indifférents à tout ce qui s'opérait autour d'eux. A ce moment, la créature eut un rire et l'habilleuse qui contemplait son ouvrage tressaillit, passa une main tremblante devant sa large face camuse, comme pour chasser une vision. Le lendemain, le chevalier notait que tous ses beaux esclaves béaient tristement devant la nouvelle, et la guidaient à chacun de ses pas, comme on fait des aveugles, en la prenant doucement par-dessous le coude. Ils semblaient la croire autre, essentiellement autre, et certains disaient qu'elle n'avait plus d'âme. Le chevalier ne connaissait pas cette maladie et ses invités en sourirent, considérant l'enfant docile et grave qu'on leur présentait. Mais après la surprise, les premiers élans de la nouveauté, il advint que tous se sentirent mystérieusement frustrés. Les baisers, les caresses de l'enfant, ses grâces elles-mêmes semblaient faites de néant. On eût dit un jouet mécanique, une de ces ballerines qui tournent et virent sur quelques notes grêles, et puis s'immobilisent en fin du rouleau, soudain. Elle faisait tout ce qu'on disait, sensible et frémissante comme une bête aux ordres lancés; mais pour peu qu'on la quittât un instant du regard, on la retrouvait figée dans sa position initiale, un air de somnambule sur les traits. Elle se mit à crier la nuit, à cause d'une vague parole entendue dans le fumoir, une plaisanterie sans doute, qui avait cheminé, obscurément, en son esprit. Dans son cauchemar toujours le même, elle se voyait changée en statue de sucre que des Français de France dégustaient lentement, là-bas, à l'autre bout du monde, en commençant par briser ses doigts qu'elle avait fort minces et si longs, dit-on, qu'ils en semblaient irréels. Le chevalier eut pitié, la fit mettre aux cuisines où elle mena une paisible existence de zombicorne, des années durant. Son rire devint un sourire léger, évanescent. Et, dans cette paix qui l'habitait, sa docilité fut telle que toutes les prières des vivants lui étaient des ordres. Le chevalier prit des mesures pour qu'on n'abusât pas de ce corps livré à tous les vents. On ne la faisait plus venir qu'aux soirées de musique, à cause de sa voix exquise. Et l'on disait qu'il n'y avait aucune demoiselle dans l'île pour donner avec tant de grâce les chansons à la mode, tandis qu'elle penchait la tête, le cou recourbé comme un cygne :

Paris est si charmant et si délicieux
Qu'on n'en voudrait partir que pour aller aux cieux

Il en alla ainsi jusqu'aux événements révolutionnaires. Le 7 mai 1795, les troupes de la Convention débarquaient en Grande-Terre de Guadeloupe où elles répandaient le décret d'abolition de l'esclavage ; et le 12 mai suivant, grossies par les esclaves rencontrés en chemin, elles faisaient leur entrée dans les faubourgs de la Pointe-à-Pitre. Le chevalier de Dangeau prit un cheval, deux pistolets d'arçon et une épée, et rejoignit la coalition des royalistes et des Anglais dont les quartiers se tenaient déjà de l'autre côté de la rivière Salée, sur la Guadeloupe proprement dite. Quelques-uns de ses nègres voulant le suivre, le chevalier les repoussa vivement, jurant qu'ils étaient pis que des chiens couchants; il rejoignait, dit-il, le camp de sa naissance, mais il formait des vœux pour celui de la Liberté. Au dernier instant il s'arrêta devant Solitude et murmura, d'une voix infiniment navrée : Et toi, pauvre zombi qui te délivrera de tes chaînes ? La jeune femme répondit en souriant : Quelles chaînes, Seigneur ?

5

Solitude échoua sur une bande de terre marécageuse, entre le port et la rivière Salée, et qui servait de refuge aux nègres venus des plantations incendiées. Ils habitaient des huttes, des cabanes de planches, de branchages, de toile goudronnée, des futailles coupées en deux, des boucauts crevés. Les gens avançaient comme des navires sur la mer, avec chacun sa boussole et son compas, son itinéraire, ses voiles taillées à sa fantaisie. A divers signes, Solitude sut qu'il n'y avait pas de place pour un zombi-corne, dans ce monde nouveau qu'on appelait la République. Elle s'appliquait à imiter les gestes de la vie, mais des nappes d'eau coulaient sans arrêt de ses yeux. On se demandait d'où lui venait toute cette eau, et les hommes et les femmes, les enfants l'obligeaient à boire, afin qu'elle ne se réduisît en une poignée de terre sèche. Certains l'appelaient arc-en-ciel, à cause du sourire qui filtrait au milieu de ses larmes. Elle-même s'en étonnait, cueillait cette rosée au bout de ses doigts, la regardait avec un intérêt marqué. Puis les eaux diminuèrent, un filet persista quelques jours, et il ne demeura plus que les pierres douces et lavées de son regard.

Elle se réveillait chez les uns, les autres, ombres

toujours nouvelles et anciennes. On trempait sa figure, on se mettait aux couleurs du jour, madras bleu, corsage blanc, vaste jupe cramoisie ; puis on se rendait sur la place du port, près de la Darse, pour y manger beignets et rissolades, sucres à coco, toutes sortes de douceurs enfin, tandis que la foule noire regardait paisiblement tomber la tête des hommes blancs. Solitude se tenait à distance, car des alluvions innommables se formaient autour de l'échafaud, et, comme on les recouvrait tous les jours de terre, les couches enfouies entraient en travail, perçaient la croûte récente, faisant jaillir des globules roses entre les pieds nus et sombres des spectateurs. On disait que les nègres de Saint-Domingue, voyant sauter la première tête, s'étaient précipités sur la machine et l'avaient réduite en morceaux. Mais ceux de Guadeloupe s'y étaient largement habitués : on venait à tout bout de champ, on mangeait et riait, on buvait, on goûtait l'air délectable de la Liberté, on clignait finement des yeux, au soleil, en regardant l'homme blanc trancher la tête de l'homme blanc. C'est tout pareil comme en France, disait-on ; et, dans les tavernes, on voyait des soldats venus de là-bas qui exhibaient des livres reliés en peau d'aristocrate. L'après-midi, quand les têtes avaient roulé, quand les tambours, les fanfares se mouraient, des flots de négresses emplissaient la ville de leurs remous, de leurs rires, de leur écume chantante. Solitude se mettait en travers de la vague, se laissait porter par le courant. On allait regarder la manœuvre, des éternités durant, sur les places calcinées de la Pointe-à-Pitre. Des troupes de nègres des champs, les pieds grisâtres, le torse nu barré d'un baudrier, défilaient sous les ordres de mulâtres à cheval dont les silhouettes se prolongeaient de plumets

vertigineux. On reconnaissait des compagnons de servitude et c'étaient des cris, des appels, des baisers
envoyés très haut, sur la pointe des orteils, ainsi que des
lâchers de pigeons voyageurs. Et puis, fatalement,
celles qui n'avaient personne roulaient vers le fort de
la Victoire, où se tenait le corps expéditionnaire, le
8e régiment de chasseurs des Pyrénées. Les portes de la
caserne étaient ouvertes, ses cours bien accueillantes,
ses hommes blancs à peine voilés d'ironie. Nombre de
négresses d'eau douce se faisaient faire des enfants
chapés, qui échapperaient à la couleur, à la vieille malédiction noire. Elles voyaient dans les événements un
signe de Dieu, l'assurance qu'il pardonnait, était sur le
point de sauver la race. Déjà certaines poussaient
devant elles un ventre grave, chargé d'une promesse
messianique. Leurs yeux brillaient si fort que Solitude
en détournait la tête, soudain éblouie. Et parfois même,
inexplicablement, elle en ressentait un picotement sur
le côté, une simili douleur d'âme. Alors elle tendait les
bras, autour d'elle, d'un air égaré, cherchant à s'accro-
cher à une nouvelle vague, à se laisser emporter par un
flot plus secourable...

Un jour qu'elle se tenait place de la Sartine, au milieu
des vivants, Solitude remarqua que l'assistance était
moins nombreuse qu'à l'ordinaire. Une tension insaisissable régnait dans l'air : nul chant, nulle farandole.
Soudain des gardes nationaux entourèrent la place et,
par-derrière leurs têtes noires, on vit paraître les cocardes
et les baïonnettes des soldats de la République. Un han
secoua la foule du côté de la rue Frébault, d'où venait
en grinçant la charrette des condamnés : un tout petit
nègre des champs s'y trouvait assis, les yeux ronds, la
bouche ouverte d'étonnement. Les deux bras de Soli-

tude se tendirent, mais il n'y avait nulle vague à quoi
se raccrocher, nul courant où laisser filer son corps.
Autour d'elle, les gens semblaient pris d'une frénésie
de mouches dans un bocal. La fanfare couvrit un instant les clameurs de la foule, et, du coin de l'œil, Solitude vit la tête du petit nègre des champs se détacher de
la guillotine, voltiger entre les bois, dans l'azur,
semblable à une minuscule tête de mouche. Solitude
abaissa les bras et demeura immobile, au milieu de la
place, attendant que la terre ou le ciel ou les hommes
impriment à son corps une nouvelle direction. Soudain
trois négresses filèrent sous son nez. Elles se tenaient
par la main et leurs jupes bruissaient, bombinaient, leur
donnant l'allure d'un vol de grosses mouches bleues.
Solitude s'accrocha à l'une d'elles et se sentit emporter
dans les airs. Cela dura un long moment et, quand elle
rouvrit les yeux, les trois négresses étaient couchées par
terre et s'étreignaient, cherchant refuge les unes dans
les autres. Solitude rampa sur les genoux et enfonça
la tête dans un paquet de chair frémissante. Elle entendit alors une voix d'homme qui disait en français de
France : Allons donc, citoyennes, montrez-vous un peu
raisonnables…

— La liberté, fit une voix languide de négresse, la
liberté, elle aurait pas dû nous faire ça…

— C'est aussi mon avis, reprit la voix de l'homme sur
un ton morne, bourru, marqué de désenchantement ;
mais ne cherchez pas à vous enfuir, car elle a de plus
longues jambes que vous…

Soulevant la tête, Solitude vit que cette voix apparte-
nait à un vieux soldat du 8e régiment des Pyrénées. De
la pointe aiguë de sa baïonnette, il effleurait négligemment les négresses affalées à terre. Une file de per-

93

sonnes humaines stationnait non loin de là ; toutes
avaient les bras noués dans le dos, le cou pris dans une
corde qui les reliait ensemble, comme des esclaves que
l'on traîne à une vente. Des gardes nationaux de couleur se tenaient à l'écart, et leurs yeux obliques, incertains, semblaient ne voir personne, cependant que les
canons de leurs fusils menaçaient la file silencieuse. A
ce moment, Solitude tendit le cou et le nœud se referma
sous son menton, avec la douceur surprenante d'une
caresse…

Comme on donnait l'ordre de marche, la corde se tendit avec un craquement musical et Solitude ressentit
une nouvelle fois, mais de façon plus profonde, essen-
tielle, le lien que cette corde autour de son cou établis-
sait avec ses semblables ; et, sans que nul ne s'en
aperçût, un vague sourire s'esquissa sur le bord de ses
lèvres…

Précédée de deux grenadiers, la cordée arriva dans
une plantation de la Baie-Mahaut, à la Côte-sous-
le-Vent, où une cinquantaine « d'agriculteurs » avaient
déjà repris le travail sous la surveillance d'un détachement de gardes nationaux. Le régime y était doux, les
fouets s'ornaient de petits rubans tricolores, ils étaient
administrés selon un barème très précis et non plus,
comme autrefois, au gré du caprice des planteurs. Et
puis ça n'était pas tout à fait l'esclavage, comme on
avait pu croire, durant la longue marche qui avait
conduit à la Baie-Mahaut : on portait toujours le titre
de citoyens, et l'on travaillait sur l'air de la nouvelle
Marseillaise, inventée par un dénommé Dosse, de
Matouba :

Allons enfants de la Guinée
Le jour de travail est arrivé
Ah telle est notre destinée
Au jardin avant soleil levé
C'est ainsi que la loi l'ordonne
Soumettons-nous à son décret
Travaillons sans aucun regret
Pour mériter ce qu'on nous donne
A la houe citoyens formez vos bataillons
Fouillons avec ardeur faisons de bons sillons

Solitude ressentait une espèce de calme; les ordres, les punitions la rassuraient. Quand on rentrait des champs, elle faisait cuire des racines dans un canari, et, s'asseyant sur une pierre, devant sa cabane de branches, elle plongeait comme en rêve sa main dans le récipient, puis dans sa bouche. Elle pouvait rester ainsi sous le soleil, sous la pluie, jusqu'au plus profond de la nuit. On s'était demandé ce qu'elle voyait, à travers ses cils entre-clos; mais comme les enfants se plaisaient sous son regard, s'y baignaient, pour ainsi dire, à deux ou trois pas, on avait laissé cette femme tranquille sur sa pierre.

Le plus souvent elle ne voyait rien, se contentait de flotter, en piochant un peu de nourriture dans son canari. Mais parfois, quand nul ne s'en doutait, elle soulevait un peu ses cils et observait, de loin, une certaine personne nommée Frosiane Mabolo. C'était une voisine, leurs cases se touchaient. Les gens l'appelaient aussi Frosiane Bande Pourrie, en raison d'une vieille plaie à la jambe, qui suintait, et qu'elle pansait avec un morceau de tissu crasseux. Cette personne était de père et mère Congo, elle avait une trentaine d'années, et son dos était marqué de ses trois propriétaires successifs.

95

C'était une vraie bête des champs, aux mains épaisses, aux pieds rongés par les chiques. Mais elle avait une peau d'un noir admirable, un noir très bleu, profond, tendre, qui attirait la lumière comme un aimant et la faisait voleter, autour d'elle, en une sorte de halo. Et puis elle avait aussi ce rire, qui ressemblait à celui de Man Bobette, par instants ; un rire penché, les yeux au ciel, le rire d'une personne qui est au fond d'un puits, un vrai, vrai rire de négresse. Et quand elle voyait cette peau, quand elle entendait ce rire, Solitude souriait derrière ses paupières mi-closes, souriait, souriait, souriait.

Frosiane était bien au courant de ce manège, mais elle ne s'en offusquait pas. Elle permettait même à Solitude de la suivre, à quelque distance, comme une chienne timide. Elle l'appelait son sillage. Un soir pourtant, elle s'approcha de Solitude assise, comme à l'accoutumée, sur sa pierre, et lui lança avec emportement :

— Pourquoi ris-tu, je veux le savoir.

— Mais je ne ris pas, dit Solitude.

— Tu mens, petit sillage : tu mens comme chien soi-même.

— Mais non, mais non, dit Solitude effrayée.

Frosiane parut tout à coup songeuse ; puis, avec le même emportement fiévreux que tout à l'heure :

— Et pourquoi ça tu ne rirais pas, veux-tu me le dire ? Pourquoi ça qu'une chose pareille ne rirait pas de temps à autre ? T'as-t'y pas une bouche et des dents ? Rien que ça mérite qu'on rie, je te le dis, moi, Frosiane : rien que d'avoir une bouche et des dents.

— Rien que ça, murmurait docilement Solitude, en un lointain écho tremblant ; rien que ça, rien que ça…

A quelques soirs de là, les nègres marrons envahissaient l'Atelier national de la Baie-Mahaut. Frosiane monologuait avec son sillage, qui hochait doucement la tête, sans comprendre, quand tout à coup des cris jaillirent dans le haut du morne. Ils provenaient de la Grande Case où les gardiens, les contremaîtres et le géreur occupaient les locaux des anciens propriétaires. Puis il y eut des coups de feu, des gémissements, et toute la crête fut en flammes.

Quelques travailleurs s'élancèrent au pas de course, dans la nuit, leur sabre de canne à la main. Mais quand ils atteignirent le haut de la colline, tout était consommé : les rebelles achevaient de dévêtir les cadavres noirs des gardes nationaux, les cadavres jaunes des contremaîtres, et le cadavre blanc du géreur. Les négresses entourèrent les combattants, baisant leurs armes, baisant leurs genoux, baisant leurs mains souillées de sang. Beaucoup d'entre elles étaient en pleurs, avec des yeux fous, brûlants, exorbités ; mais nulle parole ne s'échappait de leurs lèvres, nulle plainte, nul cri. Solitude avait suivi son amie, et tiraillait sa manche, avec inquiétude, comme un chien qui se rappelle à son maître. A la lueur des flammes, les nègres marrons enrôlèrent qui voulait. Presque tout ce qui était noir s'avança. Quand elle vit la colonne s'enfoncer dans l'ombre, puis disparaître, Solitude ressentit un feu dans sa poitrine et se mit à courir de toutes ses forces. Mais les hommes de l'arrière-garde étendirent leurs bras, et l'un d'eux lui signifia avec froideur : Qu'est-ce que tu viens faire par ici, espèce de fiente jaune ?

Seuls étaient demeurés les citoyens mulâtres, au nombre de six ; et quelques vieilles trop cassées, quelques négresses au ventre trop pesant, aux bras trop chargés de marmaille. Tandis que la colonne de révoltés montait vers les bois, le lamentable petit reste se mit en route pour la Pointe-à-Pitre, afin de se signaler aux autorités. Ce qu'on avait pu retrouver des gardes nationaux, des contremaîtres et du géreur, têtes et membres épars, incertains, était véhiculé dans une charrette à bras. Mais aux alentours de la rivière Salée, soudain pris de peur ils abandonnèrent le chariot et s'égaillèrent. Restée sur les lieux, Solitude s'assit à terre, le dos contre une roue, et sa bouche s'ouvrit sur une langue pendante, cependant qu'elle poussait de petits cris animaux. De vagues lueurs fusaient, derrière les mâts qui surmontaient le port, au loin…

6

La guillotine avait quitté la Pointe-à-Pitre, elle han-
tait maintenant les deux ailes de l'île, escaladait
les mornes les plus raides, les plus abandonnés, à la
recherche de citoyens qui ne comprenaient pas leurs
nouveaux devoirs. Nombre d'entre eux, fuyant la
liberté, l'égalité et la fraternité, gagnaient l'obscurité
profonde des bois, s'y reposaient de leurs nouveaux
tourments. Des détachements spéciaux étaient sur leurs
traces jour et nuit. On ne disposait plus de chiens à
nègres, les grands dogues mouchetés d'antan, ceux-ci
ayant été exterminés dès les premiers jours de l'Abolition ; mais les nègres républicains y suppléaient eux-
mêmes, très efficacement, grâce à leur expérience, à
leurs affinités secrètes avec les hommes des bois, et
à toutes les possibilités que leur donnait le partage en
commun d'une peau noire. Peu à peu disparurent toutes
les bandes organisées, puis les groupes, les unités de
deux ou trois.

Seul demeura le campement des marrons de la
Goyave, bastion ultime des nègres d'eau salée de Guadeloupe. Ils étaient commandés par un Bossale de race
moudongue, un dénommé Sanga que les corsaires de
Victor Hugues avaient saisi au large des îles Vierges,

sur un négrier espagnol. La consigne de Victor Hugues, soucieux des caisses de la République, était de diriger secrètement les esclaves « libérés » vers les ports francs des Indes néerlandaises : les aléas de la course, et le dégiboiement des côtes d'Afrique, y portaient pour l'heure le bois d'ébène au plus haut. Mais certains capitaines, qui se souvenaient de l'an II, lâchaient leur cargaison de malheureux sur les rivages de Guadeloupe, tout de même plus hospitaliers, tout de même. On appelait *nègres épaves* les Africains ainsi délivrés par la grâce des eaux. Ils erraient sans comprendre, parmi le chaos d'une guerre civile obscure, suivant docilement qui leur désignait un ennemi du doigt. Le Moudongue Sanga fut jeté successivement contre les Anglais, les soldats de la République, contre les Petits Blancs et les ci-devant aristocrates, contre les patriotes de tout poil, de toutes nuances et colorations de peau, nègres et sacatras, câpres, mulâtres, quarterons et jusqu'à ces fabuleux Kalmanquious, dont une seule goutte noire, disait-on, alors, dans les îles à sucre, troublait mystérieusement le sang et le regard. Quand il eut fait le tour de ce monde, le nègre épave considéra froidement les faits, eut une sorte d'illumination. Une extase sombre dans le regard, mais la bouche soudain éblouissante de joie, il rejoignit les marrons de la Goyave dont il devint rapidement le chef, celui que déléguaient les dieux d'Afrique. Sa doctrine avait la simplicité des choses révélées. Il disait que les nègres ont tous même père et même mère, tous jaillissant d'une même souche, comme font les agoutis, les manfesnils et autres bêtes à poil ou à plumes. Si certains d'entre eux l'oubliaient, c'était à cause des œufs invisibles que les hommes blancs avaient pondus dans leur tête, sans qu'ils s'en rendissent compte. Et pour sa part, terminait-il sur un rire sec, amer, pour sa part à lui-même, Sanga, fils du pays de Bornou, il ne tolérerait que ceux qui avaient écrasé tous les œufs pondus dans leur tête par les Blancs, ceux qui n'avaient que des pensées d'Afrique, de belles pensées noires qui ne trahissent pas…

Le camp était installé sur une sorte de plateau à mi-flanc de la montagne. Là, au milieu de la forêt sans âge, les marrons avaient défriché et construit des paillotes. établi certaines cultures vivrières. Sanga dirigeait tout cela d'une main de fer, comme s'il se fût trouvé au cœur même du pays de Bornou. A plusieurs reprises, ses hommes repoussèrent les assauts du général Desfourneaux, chargé de faire la chasse à ceux qui refusaient les « bienfaisantes lois de la Grande Nation ». Des guetteurs étaient postés sur les rives de la Goyave, qui séparaient les rebelles du reste du monde. A la moindre alerte, aux premiers signes de la présence des « chasseurs de rats », le hululement des conques de lambis projetait femmes et enfants sur les hauteurs de la montagne, tandis que les hommes se portaient aux frontières de la Petite Guinée, – comme ils désignaient leur petite enclave en pays blanc. Sanga devait son prestige à un livre qu'il montrait aux paysans, et dans lequel, prétendait-il, était enfermée toute la doctrine à connaître. C'était là une pauvre ruse de chef noir, dési-reux de s'assurer tous les enchantements des maîtres. Lorsque fut détruit le campement de la Goyave, sur un assaut final du général Desfourneaux, on découvrit, parmi les cadavres déchiquetés par les obus, un petit volume relié de veau et qui portait toutes sortes d'orne-ments sauvages, tracés avec des encres végétales : c'étaient *Les Rêveries du promeneur solitaire.*

Un soir de décembre 1798, à quelques semaines de la fin, un guetteur aperçut une silhouette qui s'engageait sur les roches plates de la rivière à Goyaves. L'homme était assis derrière un buisson de siguines, le fusil calé entre ses genoux, et les eaux lumineuses dans l'ombre faisaient glisser ses yeux, lentement, d'une tempe à l'autre, eût-on dit, sans que sa tête esquissât le plus léger mouvement. La forme humaine sautait de pierre en pierre, avec l'application silencieuse et hésitante d'un insecte. Parvenue au milieu du gué, elle se profila un instant sur les eaux de la cascade, qui répandaient, autour d'elle, une mousse abondante et couleur de lessive. Un tremblement de l'air découvrit une petite femme jaune à moitié nue sous des haillons : elle portait un baluchon qui oscillait sur son épaule, au bout d'un court bâton, et son crâne hirsute ressemblait à un nid de poule. L'homme attendit encore un peu, le temps qu'elle posât le pied sur la dernière roche ; et, braquant soudainement son arme, il lui intima d'une voix enrouée par l'inquiétude : Femme qui va là, ho ?

Elle parut chanceler sur sa roche, et, le cœur pincé d'effroi, l'homme remarqua de vastes globes qui roulaient dans leurs orbites creuses, comme font les yeux sans regard des visiteurs de l'au-delà. Et puis la bouche s'ouvrit et il en émana des paroles obscures, un bégaiement doux, musical, froissement de soie sur de la soie : Pa-pardon, pa-pardon, murmurait-elle en souriant d'émotion, vous n'auriez pas une vieille négresse marronne, une Man Bobette, ... vous savez bien ? celle de l'Habitation du Parc... là-bas, dans les temps et les temps, du côté du Carbet de Capesterre... vous savez bien ?… Sur ces mots, un sourire voleta sur les lèvres de la créature, un sourire voilé d'ironie et qui semblait s'adresser à une présence très ancienne, une ombre disparue, à la fois infiniment proche et inaccessible. Vous n'auriez pas ?… reprit-elle avec une sorte d'agitation confuse. Et, pivotant sur la roche, elle entreprit de traverser la rivière en sens inverse, atteignit le rideau chantant de la cascade, étendit les bras et tomba silencieusement dans l'eau où elle demeura jusqu'à mi-corps, telle une femme saoule, sans bouger ni émettre une plainte, sans même se retourner vers le nègre pétrifié sur la berge. Un remous gonflait sa jupe et l'étendait sur les eaux, faisant d'elle une plante aquatique qui penchait d'un côté, de l'autre, selon la direction du courant. L'homme réunit ses mains autour de sa bouche et la héla sourdement dans l'obscurité : Ho, la rivière n'est pas douce, ho, ho… Tout à coup, s'élançant sur les pierres, il saisit la créature aux cheveux et la tira délicatement vers lui, telle une proie ruisselante. Elle souriait et frissonnait dans l'herbe et son corps mince exhalait un relent d'abîmes. Petite feuille, dit-il, petite feuille jaune, la mère des hommes n'est pas contente aujourd'hui, par les temps qui courent ; et, lui faisant signe de se lever, il se mit tranquillement en route vers le camp. De temps à autre, il ralentissait le pas, ralentissait encore pour permettre à la silhouette de le rejoindre. Échelonnés sur le sentier, des guetteurs faisaient des remarques à leur passage, s'étonnaient de l'odeur qui émanait de l'inconnue. L'homme les approuvait, trouvait toutes sortes de comparaisons ; mais au bout d'un moment, comme elle ne disait toujours mot, il crut être allé au-delà de l'offense permise à la créature humaine. Il s'arrêta, chercha une parole de consolation. A cet instant, il l'entendit qui chantait dans sa bouche, chantonnait très doucement, quoique essouf-flée, entre ses dents, mais de façon indubitablement joyeuse…

Soudain, au débouché du sentier, l'assemblée de mar-rons apparut autour d'un foyer de branchages, qui projetait un cône lumineux dans le ciel, très haut, par-dessus la montagne et les hommes. Quelques sil-houettes d'enfants se déplaçaient parmi les faisceaux de fusils, de lances, de casse-tête caraïbes et de grands sabres courbes qui étincelaient devant les rangs de paillotes. Des enchevêtrements de lianes retombaient çà et là. Les adultes se parlaient à voix basse, d'un air entendu, et, comme tous avaient les yeux dirigés vers la flamme, chacun d'eux semblait poursuivre une longue conversation avec lui-même. Un groupe de femmes s'en vint à la rencontre des nouveaux arrivants. Parmi elles était une montagne de négresse, avec des joues comme des collines, des bras comme des rivières, noblement drapée dans un pagne qui retombait à ses pieds. Une perle était à sa narine, une enfant de lait dor-mait à son dos, retenue par un carré d'étoffe noué sous les seins de la femme. Il ne semblait pas qu'elle en fût la mère, car ses cheveux étaient une éponge grise et ses sourcils entièrement blancs, ses cils absents. Cette per-sonne-là se nommait Euphrosine Gellanbé, du nom inversé de son premier maître. Elle conduisit près du feu la créature que l'homme disait tombée dans la rivière. Mais plusieurs femmes s'éloignèrent avec dégoût, et l'une d'elles s'écria d'une voix aiguë que, cette mulâtresse-là, on pouvait vraiment dire que c'était de la fiente jaune. Et quelques-unes se pinçaient les narines, et d'autres s'esclaffaient cependant que la créature avait un léger sourire et regardait toutes choses, entendait toutes paroles avec une sorte de bonheur subtil, éthéré. Soudain la vieille Congo à l'enfant s'écria avec désespoir : Bande de macaques, vous ne vous la rappelez donc pas, c'te odeur ? Et, s'agenouillant aux pieds de la créature, désignant les chevilles gonflées, les mollets qui portaient la dent toute récente des fers, elle précisa d'une toute petite voix flûtée : *O mes petits enfants, vous ne vous la rappelez donc pas, l'odeur du pourrissoir ?...* De grosses larmes coulaient à ses joues et déjà les femmes apprêtaient l'eau chaude, déshabillaient la suppliciée, posaient des pansements d'herbe tendre sur les plaies causées par les fers à pourrir. La créature se laissait faire, sans une parole, sans manifester aucune gêne, au milieu du cercle de marrons qui plissaient les yeux devant son ventre, son dos, ses reins où se croisaient des lignes roses et d'autres plus anciennes, fuyantes déjà sous l'épiderme revenu. Une brise s'élevait avec le serein et les halliers se penchaient, des gouttelettes tombaient çà et là, les lianes vibraient, les grands arbres semblaient prêts à s'effondrer dans la nuit. On jeta une couverture sur ses épaules et la créature demeura assise nue devant le feu, les jambes croisées, le torse droit et le cou fléchissant, à regarder les uns et les autres avec des yeux de malheureuse qui tantôt semblaient dénués de vie, tantôt luisaient de la lumière d'une amitié de toujours, qui n'avait pas de commencement ni de fin. A chaque fois, quand ses yeux touchaient une personne, celle-ci baissait la tête et les autres s'inquiétaient, et ils appréhendaient que ne se posent sur eux les yeux souriants de la suppliciée. Une jeune Congo se pencha, pardessus son épaule, et lui tendant une cassave, se mit à caresser les longs cheveux humides en murmurant, avec une légère pointe de jalousie : On le voit encore qu'elle a été belle, cette petite feuille jaune… La créature saisit la cassave, la porta à sa bouche, la redéposa dans l'herbe et sourit. A ce moment, Euphrosine Gellanbé projeta ses deux poings en avant et s'écria d'une voix pleine d'innocence, de douceur et de nostalgie rêveuse, qui contrastait curieusement avec les deux masses d'armes qu'elle tenait suspendues en l'air : Nègres, mes beaux nègres feinteurs, mes gentils nègres à ricanades savez-vous quoi ?… parfois je me demande pourquoi Dieu a créé l'homme blanc, et ça me turlupine, là, dans ma grosse tête…

Et tout le monde rit de son tourment, de ce qui la turlupinait, et rit de la manière dont elle avait prononcé les paroles ; et quelqu'un repartit vivement, histoire de faire aller la langue des hommes, comme il est de coutume chez les gens d'eau salée : Chère femme, ne blâme pas Dieu d'avoir créé le tigre…, remercie-le plutôt de ne pas lui avoir donné des ailes…

Depuis l'arrivée de la femme jaune, le Moudongue Sanga se tenait en retrait, dominant la scène de ses yeux mornes, pesants, immobiles comme des chiens au repos, et qui semblaient toujours à distance du spectacle que lui offraient les affaires de ce monde. C'était un nègre bleu aux membres desséchés, au port sévère, tout raidi par le sentiment de son importance, aux traits entaillés de multiples incisions qui lui donnaient l'air d'une idole maléfique. Il entrouvrit la bouche, comme en un songe, et l'on pensa qu'il allait dire ce qui convenait à la tristesse de l'heure, prononcer l'une de ces paroles qui vous redonnaient le goût d'être nègre sur la terre des hommes. Mais, se tournant vers l'étrangère, il lui dit simplement : Femme, quel est ton nom ?

La créature hésita, le cou dans les épaules, et ses bras maigres se soulevèrent avec désarroi ; elle ne savait, elle ne savait, dit-elle, car on ne la nommait plus depuis bien des années : mais les humains autrefois l'appelaient Solitude, voilà. Alors, retirant sa pipe de sa bouche, une vieille déclara que ce n'était pas un nom de personne, que ce n'était pas. Et la créature reprit fiévreusement, comme pressée de justifier son appartenance à l'espèce : Oh, Rosalie, Rosalie on me disait, et il y en avait aussi qui m'appelaient Deux-âmes... à cause de mes yeux, vous comprenez ? acheva-t-elle sur un ton sentencieux. Là-dessus, le regard du Moudongue s'anima pour la première fois, d'une sorte de lueur sourde, cruelle, et, promenant sur l'assistance un lourd désenchantement de porteur d'hommes, il s'étonna amèrement : Qui parle de nom, qui ose ici parler de nom ?... hélas, tous ceux qui n'ont pas leur nom de Guinée, ils méritent seulement d'être appelés Sans-nom ; n'est-ce pas cousin Médor, n'est-ce pas la Tique et toi Gros-museau ?...

Et revenant à la femme tirée de la rivière :

– Écoute, t'es-t-y folle tout à fait ?

– Non, pas tout à fait, dit-elle après réflexion.

– Et t'es-t-y malade ?

– Autrefois, j'étais chevauchée par des esprits de bêtes ; mais ils m'ont tous quittée.

– Et quelle est ta couleur ? dit-il enfin

Une, deux larmes coulaient sur les joues souriantes de la créature, et ses traits se défaisaient à mesure, ses prunelles se teintaient de mélancolie. Portant soudain les mains à son visage, elle considéra ses doigts humides,

brillants de larmes et l'on vit le sourire de ses yeux
descendre à sa bouche, qui s'entrouvrit sur de petites
dents naïves, des perles d'enfant eût-on dit. Et quelqu'un murmura avec gêne : J'aime bien comme elle
sourit. Et plusieurs oscillèrent du chef, en émettant, du
fond de la gorge, de légers keppe de délectation. Et le
Moudongue éprouva la douceur et la fragilité de cette
nuit d'hivernage, et, hochant la tête avec componc-
tion : Regardez, dit-il d'un air étonné,... le diamant
qui était dans sa poitrine, il brille maintenant sur son
visage. Et sur ces mots, le soir devint d'un bleu somptueux de soie, qui se fondit intimement au silence de
la créature. Les bruits de la forêt se turent, et chacun
sentit qu'il faisait lui aussi partie de ce silence plus
vaste que terre et ciel réunis. Et quelques-uns se grattaient la tempe, et d'autres secouaient leurs fronts
penchés, pareils à des bœufs renâclant rêveusement
sous le joug. Et une personne qui n'avait rien compris
se tourna vers la créature et lui dit, la voix tremblant
d'inquiétude : Tu ne nous veux pas de mal, au
moins ?

Alors le Moudongue poussa un profond soupir, et
ceux qui connaissaient ses sentiers, les voies que sui-
vaient les belles pensées noires sur son visage, ils
surent que Sanga allait prononcer une parole « défini-
tive », une de ces phrases d'eau salée qui vous rappel-
lent au goût d'être nègre sur la terre des hommes :
Écoute, dit-il, souriant imperceptiblement, écoute,
petite feuille jaune,... nous sommes tout juste une cale-
basse d'eau et ce n'est pas assez pour éteindre l'incendie : mais est-ce à dire que l'eau ne peut rien contre le
feu ?... est-ce à dire une chose pareille, est-ce... ?

Une bête hurlait au bas des pentes, non loin du bord de mer, et, d'écho en écho, son cri atteignit la montagne qui l'aspira de tous ses gouffres, le transforma en nuit humide et en silence. Il y eut un rire étouffé dans l'ombre. C'était une jeune Congo qui se parlait à elle-même, tout en poussant une branche d'encens au milieu de la braise. Tout dormait autour d'elle, tout était silence en son cœur et elle s'effrayait de ce silence. La seule personne à lui tenir compagnie était une lourde matrone aux cheveux d'éponge grise, et qui se tenait royalement assise auprès du feu, un enfant endormi dans son vaste dos. De temps en temps la matrone détournait la tête, considérait une forme allongée non loin de là, sous une couverture ; puis elle redevenait une montagne de ténèbres, vaguement traversée par les lueurs déclinantes du foyer. Une vieille chienne aux traits anguleux se tenait couchée entre les deux femmes, le museau recouvert d'une patte. La bête était infiniment usée, flétrie, mais plusieurs chiots pendaient à ses flancs comme des fruits, comme des feuilles vertes accrochées à un arbre mort. C'était une chienne errante de la montagne, elle ne connaissait pas l'odeur du nègre et c'est pourquoi on l'avait recueillie, aidée à mettre bas. La jeune fille était née sous d'autres cieux, elle rêvait à l'Afrique dont elle avait gardé quelques images, fragments précieux d'un monde ancien. Puis elle revenait au présent et son esprit s'étonnait du camp endormi, du feu qui se mourait, de la portée de chiots à ses pieds, de la matrone taciturne, de la créature jaune sous la couverture, du mur impénétrable qui entourait le camp avec ses milliers d'arbres inconnus, de plantes et d'insectes au milieu desquels il faudrait vivre et mourir, sans jamais pouvoir leur donner un nom. Saisie par un lointain remous d'eau salée, la jeune fille se leva, fit quelques pas en titubant, s'approcha de la forme étendue sous la couverture et dit : Elle pleure, elle pleure en dormant, oh, regardez comme c'est étrange...

Sitôt qu'elle entendit ces paroles, la vieille matrone à l'enfant fut d'un bond auprès de la jeune Congo et lui souffla impérieusement : Paix et paix. Et sans s'expliquer davantage, elle la chassa en secouant ses mains par-devant son ventre, du geste dont on éloigne une volaille de basse-cour. Cette personne-là se nommait Euphrosine Gellanbé, du nom inversé de son premier maître. Le lendemain matin, Euphrosine raconta qu'elle était restée quarante-deux ans sans verser une larme : du jour de son débarquement dans l'île, à celui où elle était montée dans les bois. Et c'est pourquoi elle avait dit ces mots : Paix et paix.

7

Solitude se sentait de plus en plus vide et légère, une simple bulle d'eau, une pellicule traversée de vagues reflets lumineux. Depuis longtemps, depuis des temps et des temps, elle avait appris à se méfier des paroles qui sortaient de sa bouche : c'étaient autant de miroirs qui tombaient à ses pieds, répandant son image en morceaux. Elle évoluait sans bruit parmi les nègres marrons de la Goyave, pareille à une bulle de savon qui tourne sur elle-même, dans les demeures du ciel, reflétant silencieusement tout ce qui l'entoure. Elle n'ouvrait la bouche, elle ne remuait sa langue de ténèbres que sous l'injonction expresse des vivants. Ainsi, par exemple, lorsqu'elle s'en revenait de chercher des herbes dans la montagne, elle sifflait de loin dans un bois canon et le cœur serré, la gorge renversée comme une bête, elle se tournait vers la cime des grands arbres et modulait craintive : C'est moi, ne tirez pas car c'est moi-même. Alors une voix disait invariablement, qui semblait tomber droit du ciel, des frondaisons aux échancrures bleues : C'est moi qui, au nom de Dieu c'est moi qui ? Et Solitude baissait la tête, courbait honteusement les épaules pour dire, en un souffle : C'est moi, la femme tombée dans la rivière...

Elle faisait chaque jour son tour de forêt, en ramenait des herbes médicinales, des fruits sauvages, des racines, des feuilles qui semblaient de tabac, des grappes rouges et jaunes de fruits dingdé à faire dégorger dans une eau bouillante, à peine salée, pour en extraire la meilleure huile du monde. Elle savait mille plantes inconnues et l'on s'en étonnait, on lui demandait le nom, l'usage toujours surprenant de ces merveilles. Quand toutes paroles étaient dites, elle refermait gravement la bouche et se promenait parmi les marrons, attentive à bien refléter les visages, l'intonation la plus exacte d'une voix, telle posture émouvante d'un corps vivant sur la terre des hommes. A force de s'en pénétrer, certains gestes Congo entraient en elle et devenaient siens, elle les imitait, les reproduisait avec une élégance née, une sorte de désinvolture qui était peut-être l'effet d'habitudes anciennes, de ces millions de regards posés sur une certaine personne, dans une certaine case de l'Habitation du Parc, autrefois. Mais en dépit de ses efforts, les danses d'Afrique lui demeuraient étrangères, et elle avait beau s'enrouler étroitement dans un pagne, voici : chaque fois qu'elle s'essayait à la démarche des femmes Congo, elle surprenait l'éclat narquois d'un sourire. A peine saisissait-elle un geste, un port de tête, une façon de renverser la main dans l'espace, la paume ouverte comme pour y recevoir un vase, un faix léger, la caresse intime de l'air, qu'un nouveau mouvement de buste réduisait cette splendeur à néant. Et puis les négresses étaient trop nombreuses et chacune avait sa démarche, ses propres entrechats, ses manières bien à elle de prononcer les phrases d'eau salée. Certaines étaient petites et noires, d'autres avaient le visage plein de taches de rousseur, d'autres encore étaient longues et lisses et rouges comme des arbres dont on a enlevé l'écorce. Elles riaient, se moquaient volontiers les unes des autres, semblaient croire en leur éminence selon qu'elles se disaient Ibo, Mine, Bénin, Fanti, Nganguélé, venues des royaumes du Mossi, du Bornou, habitantes des plaines, des savanes et des lacs, ou bien nées sur une de ces nombreuses îles vertes qui se tiennent on ne sait comment au milieu de la grande île à Congo, ainsi que des yeux d'enfants à l'intérieur d'un regard de grande personne. Elles façonnaient des proverbes, polissaient de petits couplets à l'intention de celles qui n'étaient pas de leur village, qui ne s'étaient pas baignées dans le vrai fleuve. Elles disaient par exemple, devant une lourde et vieille négresse qui avait une perle rouge dans la narine : En vérité la femme Dahomey a tant de ruse, que de son cœur même elle abuse. Sur ces mots, la négresse à la perle roulait des yeux indignés, et toutes les personnes présentes souriaient d'aise, gloussaient de contentement. Alors Solitude se sentait de plus en plus vide et légère, et le vent furieux des jours l'emportait, les anciennes douleurs se réveillaient toutes, et, dans la fulgurance de l'instant, elle se demandait où peut bien se tenir l'Afrique, dites-le-moi où se tient-elle, ou ?

Cette négresse à perle s'appelait Euphrosine et c'était une montagne de femme, toujours transparente et joyeuse, alerte, parcourue de frémissements, avec des joues comme des collines, de beaux bras ruisselants comme des rivières. Les premiers temps, Solitude ne pouvait la voir sans rire et pleurer, sans prononcer toutes sortes de paroles au fond de sa bouche scellée. Une petite boule était accrochée à son dos, une merveille de lait noir, qui semblait constamment en train de dormir, bercée par le roulis énorme et délicat de la femme Dahomey. Elle avait ramassé l'enfant sur un cadavre, et lui donnait gravement le sein, en comprimant très fort, ainsi qu'on trait un pis de vache, une mamelle large et plate comme la feuille du tabac. En dépit de ses cheveux blancs, un lait maigre et mousseux lui venait, encore, grâce à une médecine choisie par le Moudongue Sanga : quelques boulettes de pâte brune, qu'elle absorbait tous les matins, les yeux fermés, les tempes creusées d'angoisse, en suppliant les dieux de faire monter un reste de jeunesse à son cœur. Tout en elle était merveilleusement Congo, jusqu'à ses obscurités de langage, certaines bizarreries. Ainsi, par exemple, elle prétendait ne pas retourner chez elle en bateau, comme font communément les nègres d'eau salée. Son intention était de faire le voyage à pied, sous la terre, où courent d'interminables galeries qu'empruntent les esprits Dahomey, et qui toutes les ramènent fatalement au village, disait-elle. Des éclats de rire saluaient cette profession de foi. On la moquait, on tournait l'hérésie en ridicule, on disait qu'elle se perdrait dans le réseau souterrain des ombres. Et cependant Euphrosine secouait ses rondes épaules, s'ébrouait avec des lenteurs placides de jument; et, les narines gonflées de tendresse, un vague sourire courant à ses lèvres, elle chantait à l'intention de tout le monde et de personne, du destin inscrit dans le ciel, peut-être :

> *Qui dit que je ne reverrai pas le fleuve Niger ?*
> *Est-ce l'Arbre ?*
> *Est-ce le Fou ?*
> *Est-ce la Tortue ou ma Mère ?*

114

Quand elle entendait de telles choses, la bouche de Solitude s'ouvrait, des sons discords s'en échappaient, des larmes tombaient sur ses joues et les personnes présentes s'écartaient avec crainte, se confiaient d'une voix mal assurée : Cette personne est-elle de ce monde ? Et quelques femmes balançaient la tête, chuchotant d'un air entendu, circonspect : Vous dites bonjour aux vivants, ce sont les morts qui vous répondent. Et tournant vers elle des yeux roses, ingénus, tremblants, légèrement délavés par l'âge, Euphrosine semblait alors découvrir la créature et s'étonnait, lui demandait en souriant, tout comme si elle la voyait pour la première fois de la journée : Salut du matin, que fais-tu avec les esprits de la nuit ? Mais l'inquiétude de tous perçait dans sa voix et Solitude s'en désolait, perdait subitement pied au milieu de ces regards qui la dénudaient, la replongeaient dans les eaux anciennes : un remous l'entraînait, elle n'était plus. Quand la nuit tombait sur tout cela, elle se retrouvait comme autrefois en chienne jaune dans les rues de la Pointe-à-Pitre, courant toute nue à quatre pattes, une langue démesurée traînant devant elle jusqu'à terre. Et chaque fois, à son réveil, elle connaissait une sorte de flottement : était-elle Solitude qui venait de se rêver en chienne jaune, ou bien était-elle une chienne qui se rêvait présentement en femme, en une certaine personne humaine dite Solitude ? Elle se levait, observait les gestes admirables des négresses, les imitait avec une sorte de frénésie, dans la joie ou dans la douleur ; mais sans que ce doute sur elle-même ne se dissipât entièrement…

Un jour qu'elle flottait ainsi, en plein soleil, entre le rêve et l'état de veille, le hululement des conques de lambis jeta soudain le camp en alerte. Puis des cris, des coups de feu, des aboiements ténus traversèrent l'épaisseur des bois. Tandis que les vieillards, les femmes et les enfants gagnaient les hauts, Solitude suivit la course dévalante des hommes vers la rivière à Goyaves. Deux ou trois négresses étaient par-devant, armées qui d'un casse-tête, qui d'une baïonnette au bout d'un bâton, qui d'un sabre de canne qu'elles tendaient vers le ciel en hurlant. De temps en temps l'une d'elles se retournait, une face camuse lui faisait signe de rebrousser chemin. Mais elle secouait la tête et continuait de descendre la pente, bien décidée à suivre Euphrosine Gellanbé qui se dandinait lourdement, en avant, parmi les roches bondissantes, cependant que l'enfant s'accrochait à son vaste dos, ses fins membres crispés comme des pattes de lézard. Lorsqu'ils atteignirent la rivière, l'escarmouche était terminée. Seul demeurait, à l'abri d'un tronc d'arbre, un jeune homme blanc surmonté d'un plumet et tiraillant paisiblement sur l'autre rive. Il portait l'uniforme vert des bataillons de chasseurs, avec une perruque et des guêtres qui montaient à ses genoux. A chaque coup de feu il éclatait de rire. Les nègres traînaient leurs blessés, tant bien que mal, sous les fourrés, pour éviter ce canardage d'arrière-garde. Comme elle considérait la scène, Solitude se sentit à nouveau flotter, de façon écœurante, entre chien et femme, jusqu'au bout de ses longs doigts incertains. Alors, elle contempla une dernière fois, avec une joie mêlée de tristesse, toute la beauté du monde qui s'étalait autour de sa chair énigmatique : la douce pénombre des arbres, les taches bleues qui descendaient en tournoyant dans sa tête, la silhouette émouvante d'Euphrosine accroupie derrière un taillis, et suante, soufflant de tous ses naseaux, avec cette petite boule noire enfoncée dans sa nuque d'éponge grise. Un sabre de canne traînait dans l'herbe, tacheté de sang. Elle se baissa, le saisit du bout des doigts et se mit à courir vers la rivière en modulant d'une voix étrange : Tuez-moi, tuez-moi... aye je vous dis tuez-moi. Souriant d'un air incrédule, les combattants observaient cette silhouette à l'accoutrement bizarre, vaguement d'eau salée, et qui remuait son sabre au-dessus d'elle avec lassitude, comme on fait tourner une ombrelle de jeune fille. Elle sautait de roche en roche, soulevant d'une main son pagne, le rideau à fleurs qu'elle s'imaginait un pagne, et sa bouche confuse implorait tandis que le sabre ondulait dangereusement autour de ses joues. Toujours serré contre son arbre, le soldat blanc la regardait du même œil béat que les nègres immobiles sur l'autre rive, là-bas... Tuez-moi, tuez-moi, répétait-elle en tournant vers lui des yeux immenses. Elle tomba dans l'eau, accrocha une roche plate, gravit la pente herbeuse en chancelant. Alors le soldat eut un geste, comme pour redresser le canon de son fusil ; mais déjà elle se trouvait tout contre lui et modulant une dernière fois avec douleur : aye, je vous dis tuez-moi... elle lui plantait tout uniment son sabre dans le ventre.

Une heure plus tard, il lui semblait toujours se trouver au bord de la Goyave, contemplant une dernière fois l'architecture fragile du monde. Des hommes avaient traversé la rivière, s'étaient saisis du sabre qu'elle tenait dans un songe. On l'avait ramenée du côté de la Petite Guinée, un bras s'était mis autour de sa taille, l'avait entraînée sur le sentier qui conduisait au camp. Des branches lui griffaient doucement le visage. Tout à coup, elle s'était vue aux côtés d'Euphrosine Gellanbé qui la halait lentement vers les hauts, le cou roide et

suant, les joues comme hérissées par la tension cheva-
line de sa gorge et de son poitrail. Voyant cela, Solitude
avait commandé l'os de ses genoux et l'on était arrivé
aux abords du camp. Elle avait fait quelques pas, s'était
assise auprès du feu, tranquillement, devenue soudain
attentive à tout ce qui se déployait autour d'elle : la
grande pitié des visages promis à la mort, le lamento
des voix humaines qui expiraient à ses pieds, au centre
mouvant de la flamme, parmi la rumeur des branches
et des feuilles qui semblaient heureuses de n'être plus
qu'à peine, le temps d'un souffle, d'une convulsion
brève. Et maintenant elle regardait sans voir, ne pleurait ni ne souriait, étreignait furtivement son poing, de
temps à autre, comme pour s'assurer d'une présence.
Tout alentour les témoins racontaient, sautaient sur des
roches imaginaires. Redescendue de la montagne, une
petite vieille s'approcha et lui dit timidement, sur le ton
de l'interrogation naïve : Tuez-moi, tuez-moi ?... et
puis elle éclata en sanglots, s'éloigna soudainement
d'un air confus.

A ce moment, Euphrosine retint la femme jaune par
un coude, comme on retient le pas d'une personne
aveugle ; et les yeux froids, le visage tendu vers les
flammes, elle siffla doucement entre ses dents : Alors,
comment tu sens ton corps vivant ? Et comme la créature ne répondait pas, ouvrait toujours ces mêmes yeux
immenses, aux cils tremblants de larmes, Euphrosine
l'attira sur son épaule et lui dit d'une voix gutturale,
aux accents étouffés, qui voulait à toute force la
convaincre d'on ne savait quoi : Te voilà donc de retour,
te voilà donc de retour parmi nous, négresse, négresse,
négresse... ?

Les heures, les journées suivantes furent très lumineuses. La saison sèche était à son déclin et des formes jaunes roulaient continûment dans le ciel, s'élevaient et retombaient en gouttelettes multicolores, qui vous caressaient le fond de l'œil. La mer au loin dormait dans un sourire, les roches de la montagne étaient d'argent, ses arbres étincelaient, faisaient entendre des sons indistincts, et les peaux vivantes des négresses semblaient chacune recouvertes d'un miroir. Tout était tellement nouveau sur la terre, toutes choses allaient si vivement à vos yeux, à vos doigts, au creux de vos narines que c'était à ne pas y croire, à se demander si elles se déroulaient en rêve. Ainsi, quand Solitude allait à petits pas, dans l'herbe, la plante de ses pieds s'en étonnait doucement. Et lorsqu'elle mangeait de la cassave, une cuillerée de soupe à Congo, ou bien tout simplement un carré de malanga baignant dans l'huile, chaque fois sa bouche le recevait comme un mets rare et inconnu, qui n'avait pas vraiment sa place, ici-bas, sur la terre des hommes... Parfois un air de vie entrait dans ses prunelles et la femme Dahomey disait, avec une mine de jalousie feinte : Attention, tu deviens comme une caille au printemps. Ces mots pénétraient en elle comme tout le reste, et Solitude se récriait gravement, frissonnante dans ses os : Aye, je suis encore plus puante qu'une chenille des bois. Et Euphrosine touchait du doigt une longue cheville suppliciée, encore marquée de rose, de boursouflures, et d'une voix chatoyante de tendresse : Mais non ma chère, tu pues léger, léger, léger...

Le 7 avril au point du jour, un émissaire venu d'en bas annonça des corvettes sur la baie, des uniformes de toutes armes à Petit-Bourg. Un vieillard en boubou se

119

mit à chanceler comme une bête sous le coup d'un maillet. La mort était inscrite sur ses traits, dans la texture intime de son visage. Plus loin, des femmes pleuraient ensemble, leurs longs doigts rose et noir crispés sur une petite tête crépue. Autour du feu, les ombres de la nuit s'éloignaient une à une, et des filaments jaunes commençaient à tomber du ciel, sans discontinuer. Solitude souriait en elle-même, et c'était comme un vent léger qui court sur la mer, poussant une vaguelette devant soi, à peine une ride sur les eaux immobiles de son âme. Tout à coup, le vent coulis heurta un autre vent, la mer se souleva en vagues froides et amères, et Solitude étonnée découvrit le Moudongue qui se tenait assis près du feu, le torse droit, les jambes croisées dans l'herbe, un bandeau vert de cérémonie entourant son front large et creusé de buffle. Plusieurs étaient à ses côtés, dont Euphrosine qui l'observait d'un air chimérique, cependant que ses gestes lents témoignaient déjà de la retenue solennelle des adieux. Solitude contempla gravement la femme Dahomey et voici : la bouche de son amie semblait tout emplie d'eau et ses narines soufflaient, aspirant et rejetant le désespoir avec force. Euphrosine dit alors : Ah, ah, plaît-il… ? Et comme les regards se tournaient vers elle, la bonne femme parut toute gênée, rentra le cou dans ses grasses épaules, et s'étonna naïvement de ces nègres en uniforme qui monteraient demain à l'assaut de leurs frères, les nègres nus ci-présents. Il y eut des sourires, et le Moudongue lui répondit, en un sarcasme froid, à peine teinté de déférence : Chère femme, peut-être à force de ronger leurs courroies ces grandes bêtes noires y ont-elles pris goût, peut-être… ? Et puis l'homme ricana, haussa les épaules, secoua un front plein de mélancolie, soudain frappé au cœur par la flèche même qui s'était glissée dans ses paroles ; et retrouvant le poids ancien des chaînes, l'emprise de certains regards, plusieurs marrons baissèrent la tête en un soupir, songeant que la race était perdue pour l'éternité… *race tombée, oh race tombée je vous dis…*

Et maintenant le cou du Moudongue se gonflait de tristesse, un son rauque et doux émanait de sa gorge, de sa bouche ouverte comme un qui divague en songe. Peut-être allait-il prononcer une parole, une phrase d'eau salée, celle précisément dont on avait besoin, aujourd'hui, à cette heure et à cette minute, et qui vous donnerait pour la dernière fois le goût, la force impossible d'être nègre sur la terre des hommes. Or, sa mâchoire s'affaissait à nouveau, ses yeux se couvraient d'une buée grisâtre, et des propos sans rayonnement tombaient du cuir usé de ses lèvres : tout cela arrivait, disait-il d'une voix nasillarde, au timbre lointain et monocorde, tout cela arrivait à cause du mystère de la pensée blanche et ceux-là étaient bel et bien perdus qui entraient dans cette pensée, ils devenaient comme des ombres, des marionnettes à l'intérieur du rêve des hommes blancs : ils n'étaient plus, ils étaient comme s'ils n'avaient jamais été…

On se regarda avec stupeur, déconcertés par la vision exacte du sortilège ; et ceux qui se souvenaient des chaînes, de l'action de certains regards, ils voyaient soudain la terre s'entrouvrir sous leurs pieds…

Cependant, Solitude devenait de cendre et ses mains se portaient lentement à sa gorge, à ses joues, à ses yeux absents de marionnette. Comme un cri ténu lui venait, le Moudongue se pencha et dit en souriant que ses paroles n'étaient pas pour elle, qui avait toujours eu un beau cœur de négresse dans sa poitrine. Et plusieurs personnes humaines opinèrent du chef, d'un air très grave et recueilli ; et quelqu'un lança finement, pour preuve de ce qui venait d'être dit : Tuez-moi, hé hé ?

8

Le surlendemain, après la destruction du camp, une horde silencieuse gagna les crêtes en s'accrochant de branches en branches, à travers les creux et les gorges, les sentes étroites qui passaient entre la cime des grands bois, parmi les fougères qui faisaient tapis, masquant les gouffres. Cultures et carbets n'étaient plus et les héros gisaient aux abords de la Goyave, leurs têtes promenées dans l'île au boût de piques. On n'avait même pas pu emporter la peau du Moudongue, pour en faire un tambour de guerre, selon ses indications, afin que sa doctrine ne mourût pas tout à fait avec lui. Heureusement, dans les temps qu'elle vivait en chienne, Solitude avait appris nombre de trous à renards, de grottes à chauves-souris. Sans le vouloir, sans même le savoir dit-on, elle conduisit le groupe désemparé et qui s'amenuisait de jour en jour. Au début s'en allèrent les vieux, les vieilles, et puis les rares petits enfants, la « fanfreluche » comme disaient les maîtres autrefois ; enfin, moururent les femmes un peu grasses et qui moisissaient sous l'humidité des grands arbres. Tous étaient enterrés profond, la tête pointée vers l'Afrique, prêts à l'envol. Seuls demeurèrent la négresse Toupie, la négresse Médélices et trois humbles Congos qui avaient toujours obéi. De l'aube au soir ils se tournaient vers Solitude qui fermait les yeux, posait les mains sur sa poitrine, afin d'entendre son beau cœur de négresse, et puis faisait : hon, hon, légèrement, de l'arrière-gorge, à la manière si apaisante du Moudongue Sanga.

Vers la fin avril 1798, le groupe s'établit sur les hauteurs de la Soufrière, parmi les oiseaux-diables, à la limite extrême de toute vie animale ou végétale. Au-dessus étaient les terrasses du volcan, ses sources chaudes, ses grondements, et les nuages de soufre qu'un vent rabattait sur les pentes, piquetant de jaune le corps des survivants. A leurs pieds s'étendait une Guadeloupe qu'ils ne connaissaient pas, avec ses mornes aplatis par l'altitude, ses vallons comblés de brouillard, ses champs de cannes le long de la mer et ses îlets tout proches, semblables à des brins de mousse, ses grandes îles dansant au loin, dans l'air chaud, Martinique, Désirade, Montserrat, toutes également surmontées d'un volcan. Parfois un anneau de nuages les entourait, une couronne épaisse se formait dans les étages inférieurs, et, tirant un rideau sur le monde, les portait subtilement au ciel. Quand la faim devenait surprenante, on dégringolait les anciennes coulées de lave, on se rapprochait de la nourriture, vers l'orée des grands bois. La nuit venue on rôdait autour des habitations, on se risquait, on égorgeait de la viande au hasard, de la poule, du cochon-planche, du cabri dont on faisait sauter la tête dans l'ombre, d'un seul coup, arrêtant l'ébauche même d'un bêlement. On pillait aussi les places à vivres, chargeant des régimes de bananes, des sacs entiers de malangas, patates douces, ignames longs comme le bras, gerbes de cannes à sucre violacées, les plus juteuses, qui vous consolaient de bien des peines. Une fois, du côté de Grand Val, les marrons se virent entourés de torches et ressentant une tristesse, un épuisement douceâtre, Solitude se mit à courir au-devant des lumières, son sabre flottant dans la nuit. Un autre jour, ce fut la rencontre abrupte d'un détachement qui errait dans les bois, à l'espère, en quête de citoyens paresseux. Et puis ce furent toutes ces poursuites, ces chasses folles, interminables, les traquenards tendus à la petite horde qui effrayait, suscitait maintenant une rumeur de légende. Solitude se jetait au-devant des chiens, des hommes, des fusils, suivie par la négresse Toupie, la négresse Médélices et les trois humbles qui avaient toujours obéi. Quand tout était fini, elle découvrait avec étonnement son sabre luisant jusqu'à la garde, ses mains, ses bras teints de sang, et les grands yeux éblouis de ses compagnons. Alors elle pleurait doucement, sans comprendre. Et comme les autres s'inquiétaient, la caressaient, elle fronçait des sourcils au travers de ses larmes, et faisait : hon, hon, légèrement, de l'arrière-gorge...

Traqués jusqu'aux bords du volcan, s'insinuant dans ses anfractuosités, ses gueules sulfureuses, les marrons de guerre lasse un jour se risquèrent sur les cols, suivirent la rivière Noire, atteignirent Nez Cassé, la Matéliane, le Petit-sans-Toucher d'où ils gagnèrent la forêt « interdite » du nègre Féfé, que l'on disait alors hantée par des revenants. Ils y chassaient le porc sauvage, y piégeaient l'agouti, la tourterelle des hauts, et soufflaient dans un bois canon aux moindres apparences de la vie : deux brèves pour le gibier, une longue pour tout ce qui avait face humaine. Une poussière éternelle

125

nageait sur les mousses, les enchevêtrements de lianes, les arbres aux contreforts ailés, dont les troncs usés et grisâtres annonçaient une forêt d'esprits. Tout là-haut, un mince rideau de feuilles bleues, vertes, cramoisies, comme taillées dans du verre de couleur, répandait sur toutes choses une lumière frisante, irréelle. Mais les personnes mortes se tenaient encore à distance, intimi-dées par tous ces nouveaux arrivants. On les devinait seulement à de petits signes, à des lueurs, des boules de feu, des soupirs qui montaient le soir de la terre, mêlés aux cris des cabris-bois, aux frémissements des arbres qui s'étiraient en rêve, aux sèches explosions du sablier dont les capsules répandaient leur semence, dans les ténèbres, soudain. Une nuit les morts se mirent à appe-ler, tous ensemble, des heures durant, avec des voix plaintives d'enfants, d'amis, de frères et sœurs tombés sur les bords de la Goyave. Et les vivants s'interro-geaient, se demandaient comment répondre, comment se taire, comment supporter plus longtemps la voix de ces nègres sans tête, qui n'arrivaient pas à retrouver le chemin de l'Afrique. Des semaines s'écoulèrent ainsi. Parfois un son de flûte montait par clair de lune, à l'heure où les alizés retombent dans la mer. Le défunt engageait sur un trille, et puis une mélodie s'élevait en un souffle léger, s'étirait comme un long fil de soie dans l'indifférence de la nuit. Alors les marrons se rap-prochaient, se serraient les uns contre les autres, cepen-dant que les esprits des morts se déployaient, menaient des rondes sans fin, autour du feu, pareils à un vol de moustiques qui dansent dans le soir. Certains recon-naissaient des formes défuntes et leurs cheveux se hérissaient, ils se levaient, s'asseyaient en silence, et ils se levaient et s'asseyaient encore. Et voyant toutes ces choses, se décidant soudain en faveur des vivants, Solitude levait lentement la main droite, médius recourbé sur l'index, selon l'usage, jusqu'à ce que les morts subjugués reculent, d'un air craintif, se dissipent tout à coup devant la maigre conjuration de son poing jaune. Elle avait vu ce geste voici fort longtemps, et parfois même il lui semblait que c'était en songe, elle ne savait plus...

Un jour, forçant une jeune truie sauvage, ils crurent bien se trouver devant l'âme d'une personne défunte. Suivie de ses marcassins, la bête hérissée de flèches s'était engagée dans un massif de lianes, de fougères, d'arborescences en forme de boules, de dômes bleuâtres, d'ombrelles dont les pointes touchaient terre, à la fois branches et racines. Des fûts énormes se dégageaient de cette masse de verdure, avec des lenteurs solennelles de géants. Une coulée conduisit à une sorte de clairière ouverte tans le massif. Deux ou trois poules y caquetaient, dans l'ombre, sous l'auvent d'une paillote ornée de figures animales. Çà et là étaient des assiettes, des calebasses peintes, un tabouret avec des pieds de tortue. Une flûte d'os traînait non loin d'un foyer de pierres noircies. L'air y semblait liquide, on eût dit le fond stagnant d'un puits, avec un rond de ciel à la cime des arbres. Tout à coup, les broussailles s'écartèrent sur un petit mort Congo avec un pagne de hanches, des bracelets jaunes à ses poignets, des graines aux teintes vives piquetées dans ses cheveux. Ses bras de néant se dressaient autour de sa tête, les paumes roses offertes, à l'abandon, et sa bouche murmurait sur le ton de la crainte la plus vive : Frères, frères, je vous donne l'amitié de mes mains. Une féerie, un comique aérien se dégageaient de toute sa personne, et Solitude craignit

de le voir disparaître, s'évanouir en un nuage multico-
lore. Soudain la négresse Toupie, la négresse Médélices
et les trois Congos furent contre lui, l'étouffant de leurs
caresses, riant et pleurant tout ensemble. Il n'avait pas été
besoin de paroles : les yeux de l'inconnu, ses orteils et
ses mains avaient su dire la vérité de son être. Cependant
Solitude se tenait à l'écart, la bouche ouverte, son corps
flottant entre les arbres, dans une sorte d'éblouissement
doux ; et quand on lui amena le petit homme inquiet, aux
grands yeux à fleur de tête, elle se sentit misérablement
jaune éclata en un rire aigu. Il en alla ainsi tout au long
de cette journée. Chaque fois que Solitude dirigeait ses
regards vers le ciel, vers les arbres, vers ses vieux compagnons, il lui semblait qu'un cœur de négresse battait
en elle tandis que ses yeux voyaient toutes choses à la
façon du Moudongue Sanga. Mais sitôt qu'elle aperce-
vait le joueur de flûte, il lui venait une envie amère de
pleurer sur elle-même, sur ce « divagant » en son île
déserte, sur son sourire humide, peureux, sur ses longs
yeux nageant à fleur de tête, sur ses beaux bras d'eau
salée qu'il serait si bon, et juste, et nécessaire de toucher ;
et subitement Solitude se sentit redevenir toute jaune, et
toute frêle et nue, comme dans les temps anciens où elle
n'existait pas. Alors elle battait des paupières et son
corps hésitait entre les arbres, s'effilochait aux branches,
aux feuilles, tandis que ses compagnons se penchaient,
pris d'inquiétude. Le soir venu l'apaisa. Assise auprès du
feu, il lui semblait pouvoir contempler l'homme sans
pleurer, sans même que son cœur s'arrêtât de battre. Et,
comme elle se tournait vers lui d'un air désinvolte, son
regard rencontra celui du petit nègre « divagant » et tous
deux demeurèrent ainsi, les bras ballants, terrifiés, un
sourire incrédule sur leurs lèvres…

Un peu plus tard, au milieu de la nuit, elle s'éveillait avec le même trouble indéfinissable, la même sensation d'étonnement dans la gorge. Elle vit alors, assis à une dizaine de mètres, le petit homme qui l'observait en se grattant rêveusement le haut du crâne. A cet instant, une pitié descendit sur la terre, une étrange pitié de ténèbres qui parlait de toutes choses sans leur donner un nom. Et Solitude se leva, fit quelques pas vers l'homme, souriante. Et puis son cœur allant très vite, elle s'assit à mi-distance, dans l'herbe, à cause de ses jambes qui ne la portaient plus. Et l'homme se grattait toujours la tête en silence, n'osant la regarder, n'osant détourner d'elle ses yeux. Et c'est ainsi que se passa leur première nuit d'amour. Et Solitude apprit alors ce qu'il en était de Man Bobette, ce qui s'était passé entre l'ancienne enfant et Man Bobette ; et tout lui parut en ordre désormais, vivante ou morte, Man Bobette, gisant pourrie sous quelque souche ou flottant sur le bateau qui devait la reconduire en Afrique. Et, de temps en temps, elle s'assoupissait, revenait à elle en un cri, ouvrait à nouveau les yeux sur le monde, les arbres, les bêtes et les hommes pétris de ténèbres, et sur le petit nègre divagant qui se grattait toujours la tête, se demandant ce qui lui arrivait, encore, dans ce pays…

Maïmouni lui fut toujours une énigme, une source d'interrogations infinies. Le voyant évoluer dans sa clairière, elle avait l'impression que sa vie se ramenait à un carré de terre tranquille, juste de quoi faire pousser quelques légumes, entretenir de la volaille, un cabri, à l'image du morceau d'Afrique qu'il transportait en lui et qui lui masquait le reste du monde. Ses yeux ne voyaient pas les morts, ne s'intéressaient guère aux

vivants, et son seul lien avec la Guadeloupe était Solitude elle-même, frêle racine adventice. Il en recevait
quelques mots de créole, tirés du fin fond de la servitude, et qui l'amarraient secrètement à cette île, à ses
coutumes singulières, à ses délires. Mais quand il
venait à les prononcer, ces mots résonnaient curieusement aux oreilles de Solitude ; et, glissant de son
mutisme à ses paroles, le mystère de Maïmouni se divi-
sait, se subdivisait en fines gouttelettes de nuit, posant à
la malheureuse des questions toujours nouvelles. Parlant de son village, Maïmouni évoquait une immense
montagne, cent fois plus haute, disait-il, que la Soufrière, et couronnée non pas de flammes mais d'une
éternelle substance blanche, qui scintillait au soleil. Il
raconta aussi qu'il était esclave en pays noir, esclave
depuis la naissance du monde de la tribu qui l'avait
vendu aux hommes blancs. C'était arrivé au commencement, à l'aube de tout commencement, disait-il, juste
après que la parole fut donnée à la grue couronnée.
Ainsi était-ce arrivé, ainsi. Longtemps Solitude ne put
y croire, car ces propos étaient absolument contraires à
la doctrine du Moudongue. Mais l'homme fournissait
des détails précis, décrivait une petite massue dont on
frappait la nuque des récalcitrants, tous les matins, à
coups retenus et légers, afin d'endormir en eux l'esprit
de révolte. Maïmouni évoquait sa petite massue avec le
sourire, tout comme s'il était parfaitement raisonnable,
ici-bas, de courber la nuque devant ses frères de sang,
au long de naissances et renaissances innombrables,
pour se voir finalement troqué contre un simple baril de
rhum. Mais Solitude avait beau faire, elle ne voyait rien
de piquant dans l'histoire de son joueur de flûte. Elle
s'en inquiétait, se désolait à l'extrême, se demandait

quelle était la place de la petite massue dans la vie merveilleuse de l'île à Congos. Certaines questions pleu-
vaient sur son visage, s'y écrasaient comme des gouttes
froides, obscures, à goût âcre de sel, qui tombent soudain au milieu de la nuit. Parfois, un bref instant, elle se
voyait telle une mouche prise à l'intérieur du rêve du
Moudongue. Et puis elle s'interrogeait, se demandait si
ce n'était pas là une pensée blanche, et si tout au
contraire elle ne se trouvait pas, présentement, à l'intérieur du rêve des hommes blancs, comme tous ces
pauvres nègres en uniforme dont la tête était pleine de
larves pondues par les Blancs. Alors tout se mêlait derrière son front, les paroles du Moudongue, les allées et
venues d'une petite massue aussi lourde, aussi légère
que le monde, et le chant solitaire d'une flûte qui
s'élève dans la nuit. Et Solitude ouvrait de grands yeux,
serrait étroitement les poings, et se disait en souriant
qu'elle n'était pas grand-chose, vraiment, sur la terre
des hommes, ne sachant pas même à l'intérieur de quel
rêve elle se trouvait.

Maïmouni avait perdu toute notion du temps, il igno-
rait combien de jours, de mois, d'années s'étaient écou-
lés sur son île, sa clairière qui était le fond d'un puits au
milieu des arbres, et une île. Des arbres étaient nés,
avaient grandi dans l'intervalle, le ciel avait changé de
forme et de couleur et les cheveux de ses tempes étaient
devenus blancs, semblables à du vieux crin de cheval.
Ici, disait-il parfois, ici la terre était meilleure qu'en
pays mozambique, singulièrement ferme et onctueuse,
quoiqu'un peu grasse à son goût. Et il se penchait sur
l'un de ses jardins secrets, une longue fosse rouge voilée par les taillis, les fougères, où tous légumes et
racines poussaient emmêlés, entrecroisés à la mode

d'Afrique, afin que chaque plante joue correctement sa chanson sous le ciel. Et il secouait la tête d'un air entendu, les yeux soudainement plissés, lointains, nimbés d'un songe : oui, répétait-il, quoiqu'un peu grasse à son goût. Et les marrons s'émerveillaient, contemplaient ses manières, les gestes fins qu'il avait pour sa houe, ses pierres à feu, son canari où chauffaient toujours de bonnes choses, qu'il salait avec de la cendre d'encens, une de ses inventions. Ils aimaient ces temps grises autour d'un visage d'enfant, et puis les ronds yeux divagants, étonnés, fragiles, semblables à des yeux de têtard, et qui se posaient craintivement sur toutes choses, à croire, à croire que cet homme-là venait de débarquer, à croire qu'il avait été vendu et livré de la veille... Le soir, quand l'homme avait soigné la terre, rentré tous ses animaux dans les cages, apprêté une de ces belles nourritures d'eau salée, qui vous vont droit à l'âme, les marrons lui touchaient le coude et disaient : Frère, dis-nous une parole unique, afin que nos épaules reçoivent un peu de lumière. A ce moment, le petit homme tressaillait, tournait la tête en tous sens, prononçait vaguement quelques mots en créole, en souriant malgré lui d'une ignorance dont l'étendue le confondait : Excusez, disait-il, messieurs-z-et-dames excusez ; car la parole est restée loin de moi, et tout ce qui arrive est trop « long » pour la bouche de Maïmouni. Et, chaque fois, les marrons en avaient du regret et lui faisaient remarquer, douloureusement : Frère, les cieux eux-mêmes en ont la connaissance : la parole ne saurait être plus « longue » que l'homme, puisqu'elle se tient tout entière dans sa bouche. Et Maïmouni secouait un front étroit, que débordaient légèrement les globes de ses yeux, et murmurait avec une assurance d'oracle, qui étonnait au plus haut point : Eia, je ne sais rien, mais je sais qu'il y a des bois derrière les bois, et que le commencement de toute parole est la grue couronnée ; car l'oiseau grue couronnée a dit en premier : je parle. Et l'entendant, les marrons souriaient avec indulgence, et ils se demandaient si le petit homme ne voyait pas le monde pour la première fois, tel un enfant incapable d'apprécier le doux, le terrible ou le majestueux. Mais Solitude n'était pas de cet avis, et il lui semblait même que les yeux de Maïmouni avaient vu toutes choses ici-bas, vécu toutes les joies, toutes les douleurs et toutes les majestés. Cette opinion avait pour origine un petit fait curieux, qui avait échappé à l'attention de tout le monde. C'était une chose infime, insaisissable, une de ces vérités qui glissent dans l'air, pareilles à de lumineux fils de la Vierge. Un jour, des coups de feu avaient éclaté non loin de la clairière, et les marrons s'étaient aussitôt postés derrière un rocher, pour épier le voisinage, les pentes ; Maïmouni était demeuré tranquillement à sa place, dans son jardin, occupé à soigner ses plantes, comme si tous ces coups de feu ne le concernaient pas, se déroulaient dans un autre espace que le sien, ou comme s'il était fermement décidé à ce que la mort le surprenne au milieu de ses ignames, de ses choux-caraïbes et de ses malangas. Après l'alerte, il avait redressé la tête au-dessus de sa houe, et, voyant la femme jaune en sueur, il s'était approché pour tirailler une mèche, au ras de sa nuque, comme il aimait à faire. Alors Solitude lui avait dit, avec un soupir d'impatience : Pourquoi me tires-tu les cheveux ? Et là-dessus, les yeux de Maïmouni s'étaient mis à scintiller, d'un air céleste, au milieu de la nuit de son visage ; et il lui avait répondu en ce créole un peu pompeux, qu'il apprenait d'elle chaque jour, avec le soin qu'il mettait à faire pousser ses ignames, ses choux-caraïbes et ses malangas : Pourquoi ne te tirerais-je pas les cheveux, n'es-tu pas une fille ?

Quand elle se vit enceinte, la jeune femme eut un rêve : elle enfouissait la tête dans la poitrine de Maïmouni, et puis un bras, le gras d'une épaule, jusqu'à se perdre entièrement dans le corps de l'homme, tout entière recouverte d'une belle peau noire. Elle s'y trouvait heureuse, s'enivrait du sang chaud dans lequel elle baignait de la tête aux pieds. Les premiers jours, elle n'avait rien dit de sa métamorphose, de ces os délicats, de cette peau et de ces cheveux qui venaient dans son lait. Mais le petit homme savait, poussait contre elle ses grands yeux d'eau tranquille, un peu luminescents, et lui touchait le ventre avec cette sûreté, cette retenue, cette élégance mystérieuse qu'il avait pour les légumes de son jardin. Des lueurs, des rayons colorés, des nappes lumineuses naissaient sous lui, des tiges envoyaient des bourgeons et Solitude croyait voir s'entrouvrir la corolle d'un regard ; et, comme elle s'en étonnait, il disait que la main du père est un soleil pour l'enfant. La nuit, avant de lui accorder sa semence, il voulait qu'elle se figure son enfant, qu'elle se représente tel organe, tel ligament précieux, afin de parachever l'action nourricière des esprits. Il s'attachait surtout aux ongles, aux doigts, au modelé harmonieux du torse, aux oreilles faites pour que la créature entende, à ses yeux pour qu'elle vît, à ses dents, à la parure de ses lèvres, et, singulièrement, à la rondeur et à la fermeté du foie qui revêtaient une importance extraordinaire. Cepen-

dant, il ne sut jamais quel cœur attribuer à l'enfant. Il
ne lui voulait pas un cœur d'Afrique, qui ne servirait de
rien en terre étrangère, et non moins se résigna-t-il à un
cœur de Blanc, de nègre ou de mulâtre, un cœur battant
au rythme obscur de la Guadeloupe. Au commencement Solitude avait souri à cette féerie. Or, il advint
ceci : l'homme devenait triste et les mots créoles le
quittaient, il ne les prononçait plus qu'avec peine,
cependant que des chants inconnus lui venaient, la nuit,
penché sur le ventre inquiet de la femme jaune. Et puis
il parlait à sa propre chair, s'excusait longuement en
son idiome natal, avec des soupirs de regret qui faisaient tressaillir, soudain, l'enfant inachevé...

9

Un jour comme les autres, au début de l'après-midi, un roulement de tonnerre fit trembler les souches des grands arbres, déversant une pluie de feuilles sur les marrons étonnés. Les bêtes couinaient dans l'ombre, pénétraient dans les halliers, s'essoraient lourdement vers les ramures, et, surprise au milieu de son sommeil, une personne morte s'éleva d'un trait vers les régions supérieures, ses seins de femme battant comme des ailes, soudain. Le vacarme grandissant, un Congo grimpa un mahogany et signala des fumées à la cime des crêtes, des volutes noires qui montaient au bruit du canon, pareilles à des ronds de cigare : c'était probablement une guerre, mais on ne savait laquelle.

Là-bas, du côté de la Côte-sous-le-Vent, s'achevait une histoire dont les marrons ignoraient le premier mot, dont pourtant ils devaient mourir. Elle avait commencé au-delà des mers, bien des années auparavant, le 6 pluviôse de l'an II, semble-t-il, jour de l'Abolition de l'esclavage dans les colonies françaises. La Convention s'y était résignée dans l'espérance – et le secret dessein – que la nouvelle embraserait toutes les plantations du Royaume-Uni, des îles Vierges aux montagnes de la Jamaïque. Le vote acquis et ne se tenant plus de joie,

136

Danton dévoila soudain ses batteries : Messieurs, dit-il, et maintenant l'Anglais est mort. Huit ans plus tard, le traité de paix avec l'Angleterre ouvrait les océans au sucre et mettait fin à la liberté toute provisoire du nègre. Au lendemain de sa signature, une flotte importante appareillait du port de Brest, deux vaisseaux de ligne, quatre frégates, une flûte et trois transports montés de vétérans des campagnes d'Italie, d'Autriche et de Prusse, tous soldats de grand talent et commandés par quelques-uns des meilleurs officiers de Bonaparte. Le général Richepance fit d'abord mouiller à la Pointe, dont les citoyens noirs, sur un parfait discours républicain, se laissèrent désarmer sans un soupir : aussitôt on les déshabille, on les jette nus à fond de cale, entassés comme harengs en caque.

Ceci advint le 6 mai de l'an de grâce 1802, mais quelques jours plus tard, lorsqu'elle se présenta devant la rade de Basse-Terre, aux heures chaudes de l'après-midi, l'escadre se voyait accueillie par le roulement de toutes les batteries noires de la côte…

Là-haut, sous les feuillages de son mahogany, le Congo annonça des troupes de nègres à travers la campagne, des coups de feu dans le lointain, des plantations qui s'allumaient comme des bouchons de paille. Une feuille étincela, une jarre se rompit au bord d'une source, quelque part, dans l'obscurité des grands bois. Solitude se pencha, entoura son ventre d'une large bande de toile, la croisa et la ramena sur sa poitrine, juste au-dessus de l'enfant, en serrant sur le nœud de toutes ses forces. Maïmouni ne comprenait pas, les regarda partir sans esquisser un geste. Ivres d'une lassitude extrême, les compagnons soutenaient la petite

femme jaune, écartaient les branches devant elle, les
ronces une à une, et la relevaient doucement lorsque le
poids de son ventre la faisait glisser à terre. Soudain le
soir rendit toutes choses entièrement bleues. La canon-
nade cessa. Un peu plus tard, sur une route voilée
d'ombre, ils virent des centaines de soldats et de nègres
des champs qui allaient, dressant au-dessus d'eux des
torches, des fusils, de longues piques à bœufs. Les
Français avaient débarqué au Baillif, et de nombreux
renforts leur venaient depuis la Pointe-à-Pitre : la
horde était venue leur couper chemin, les retarder s'il
plaît à Dieu, quelques heures, au passage de la rivière
Grand'Anse. Arrivée au camp des rebelles, Solitude
glissa dans une mare à la dimension de son corps et
c'était sa propre sueur. Des inconnus se penchaient,
murmuraient son nom à voix basse, l'appelaient sans
qu'elle pût répondre. En retrait de ces nègres des
champs, des silhouettes insolites se dressaient autour
du bivouac. Un vieux sergent de la Garde pleurait, frappait ses tempes et s'accusait d'avoir égaré la couleur,
de l'avoir conduite sur les voies de la servitude et de la
mort. Elle vit aussi un citoyen mulâtre à bonnet rouge,
cocarde double et carmagnole, et même une élégante à
petit corset orné de rubans, toute ruisselante encore de
ses pendants d'oreilles et bracelets. Mais tous étaient
également gris de fatigue, les yeux fiévreux, soldats
ou nègres des champs, citoyens mulâtres, chabins,
humbles et silencieux Congos ; et tous avaient le même
air de vertige sur leurs traits, d'angoisse, de douleur
vague et impersonnelle, comme s'ils ne s'appartenaient
plus, déjà, se percevaient entre les grandes mains
invisibles des hommes blancs. Soudain les doigts de
Maïmouni se posèrent sur ses tempes, ses paupières

endormies. Quand elle revint au monde, une heure plus tard, le divagant était étendu auprès de son corps vivant, à caresser l'enfant d'une main paisible, en un geste lent, suave et régulier, tout comme s'il rêvait présentement dans ses bois, juste à deux pas de ses ignames, ses choux-caraïbes et ses malangas. Et, comme elle se portait sur un coude, tournant vers lui des yeux effarés, douloureux, emplis d'une pitié sans bornes, Maïmouni secoua la tête avec grâce et dit en un murmure, dit tranquillement, un sourire ordinaire sur ses lèvres : Les bonnes choses ne sont pas communes, sais-tu ?

Elle entendit d'abord une musique militaire, fifres, cymbales et tambours qui jouaient l'air traditionnel : *Où peut-on être mieux qu'au sein de sa famille ?* Puis la colonne ennemie se montra dans le gris de l'aube, à mi-hauteur de la colline, précédée d'un cymbalier noir en Turc et tout chamarré d'or. A la première décharge, le morne se couvrit de batteries qui tiraient à mitraille, à boulets bondissants, à longues chaînes qui arrivaient comme sur des ailes, répandant eau et sang derrière les sacs de sable hâtivement dressés durant la nuit. Non loin de Solitude, une vieille secouait un sabre de cannes au-dessus de son crâne chauve, tout en s'écriant d'une voix éraillée : Vive la mort, Jésus, je vous dis vive la mort. Curieusement, Maïmouni demeurait les yeux fixés sur elle, sur l'enfant inachevé, sans même un regard pour les joies et douleurs, et les majestés qui s'élevaient au milieu des combats. Or, comme elle s'en étonnait, Solitude sentit le poids léger du divagant qui chutait doucement contre elle, sur ses épaules, si proche encore et déjà si lointain, à des distances infinies...

Solitude se mit à descendre le morne en s'accrochant aux roches, aux touffes éparses de fleurs, d'arbustes, de ronces à diables, cependant qu'elle secouait la maigre dérision de son poing jaune et poussait des cris indignés, de vagues sonorités nasales qui s'achevaient en sanglots. Comme elle chutait, roulait au bas de la colline, demeurait étendue les bras en croix, des ombres lui apparurent en contre-jour, des apparences d'hommes et de femmes qui déferlaient la pente, arrivaient à sa hauteur avec des élans, des gesticulations sauvages, des faces suantes et habitées par une sorte d'extase lointaine. Elle saisit une baïonnette et se mit à courir, son ventre ballant en tous sens. On poursuivit les Français jusqu'au Trou-aux-Chiens, jusqu'à Fond-Bananier, jusqu'à la Capesterre. Des nouvelles circulaient, s'échangeaient comme des bulletins de victoire : les Blancs s'épuisaient à Belost, à Ducharmoy, devant le fort Saint-Charles ; la fièvre jaune elle-même les menaçait, s'était mise dans la perversité de leur sang. Grisés d'une jeune espérance, et si ancienne qu'ils ne la reconnaissaient pas, certains nègres marrons embrassaient la terre en pleurant et s'écriaient, avec un air d'égarement : Mon pays, mon pays, mon pays... ?

Tout se joua sur une circonstance obscure, dont les effets étonnèrent Solitude au plus haut point : le 19 mai 1802, voyant sa fière escadre perdue, le général Richepance faisait appel aux soldats noirs de la Pointe-à-Pitre, ceux-là mêmes qui croupissaient dans les cales de ses navires. Les malheureux étaient conduits par un nommé Pélage, disait-on, ancien nègre à talents, mélange singulier de grandeur et de servilité, et qui serait entré dans les enfers pour complaire à la couleur blanche. On les avait tirés des cales des navires, et, la tête infestée de pensées sans vie, sans sel et sans beauté aucune, ils se jetaient furieusement à l'assaut de leurs frères. Lorsque tombait un soldat de la République, le traître noir le plus proche dépouillait le mort de ses habits, et s'en revêtait afin d'avoir l'uniforme des troupes européennes. De tels faits étaient familiers au cœur de Solitude et la négresse Toupie, la négresse Médélices et les trois Congos les commentèrent avec sérénité. Mais un profond découragement s'empara des autres, qui voyaient pour la première fois se dresser contre eux leur propre couleur. Ils vous regardaient avec des yeux fous, souriaient, versaient des pleurs, souriaient à nouveau pour dire que ce n'était plus la peine, car le nègre est maudit de toute éternité. Ainsi allèrent les choses, ainsi. Le soir du 21 mai 1802, trois jours après l'initiative de Richepance, les dernières forces rebelles quittaient le fort Saint-Charles par la poterne des Galions. Grimpant les pentes du volcan, elles atteignirent au lieu-dit Matouba, habitation Danglemont, où s'était constitué l'îlot ultime de la résistance des esclaves. De la Capesterre au Baillif, les vaincus s'acheminaient pour y mourir, attirés par la lumière de Delgrès, chef de l'insurrection, par la perspective d'un dernier combat, d'une dernière fraternité, ou simplement par les hauteurs qui leur donneraient, une dernière fois, le goût et l'odeur de la liberté. Solitude poussait le lourd fardeau de son ventre, s'accrochait aux roches et aux ronces, aux racines découvertes, remontait lentement les pentes anciennes cependant que ses compagnons, leurs épaules encastrées dans ses reins, la forçaient comme une vache embourbée dans un marécage. Elle était toute en sueur depuis l'avant-veille, elle transpirait d'une façon continue, intolérable, avec l'impression d'entrer pas à pas dans la mer, au milieu d'algues et de remous, de tourbillons, et d'une infinité de petits poissons aux nageoires effilées, tranchantes. Parfois une vague la submergeait, elle battait l'air de ses membres gourds, redressait la tête au-dessus des eaux afin de reprendre son souffle, la respiration de son corps vivant. Et puis découvrant la négresse Toupie, la négresse Médélices et les trois Congos, elle émettait un bruissement de l'arrière-gorge, et murmurait d'une voix paisible, calme et enjouée, avec ce sourire mystérieux qui s'attachait à elle depuis la mort de Maïmouni : Où sont toutes les paroles, où sont-elles ?

Selon la tradition orale, ils atteignirent les hauts Matouba dans la matinée du 28, à quelques heures seulement de la fin. La plantation s'étendait entre les rivières Noire et Saint-Louis, et la grande maison des maîtres, à la tête du morne, était entourée d'une vaste terrasse à barbadines et à parapet. Çà et là, parmi la foule silencieuse, la créature distingua confusément des couples enlacés, des personnes humaines qui se donnaient l'accolade, se serraient la main en disant : A tout à l'heure au ciel, mon frère. On commençait également à tuer les chiens, comme elle avait vu faire à Belost, à Ducharmoy, à fort Saint-Charles, crainte que les bêtes amies ne se retournent plus tard contre le nègre. Soutenue par ses compagnons, elle traversa le pauvre monde et atteignit un hangar, se laissa glisser sous une sorte d'auvent ombreux, ses jambes nues étalées sur le sol. Des cris, des gémissements s'élevaient dans le bleu du ciel, venus peut-être de l'enfant inachevé, en elle, ou venus tout simplement de sa gorge des cavités de sa tête, Solitude ne savait. Et maintenant elle se tenait assise dans une rivière, le torse exposé au soleil tandis que ses flancs baignaient dans une eau vive, sillonnée de petits poissons, d'algues légères, de branches qui la caressaient de leurs doigts emplis de feuilles fraîches. Soulevant les paupières, elle vit toutes sortes de mains qui entouraient son corps vivant, l'une posée à sa joue, une autre sur le plat de son front, une troisième sur le dôme ruisselant de son ventre. Il y avait aussi des visages qui tous étaient tournés vers elle, avec des bouches singulièrement béantes lui semblait-il, et des yeux qui la dévoraient. De temps en temps, l'une de ces mains se détachait de ses joues, de son front, de la grosseur de son ventre, aussitôt remplacée par d'autres qui venaient occuper la place vacante, entremêlaient leurs doigts, se disputaient en l'air comme des oiseaux. Alors c'était donc toi, la femme Solitude ? s'étonna une vieille Congo aux joues incisées, aux longues phalanges osseuses et rosies par la poudre. Elle semblait vaguement déçue de la trouver telle, si misérable, si frêle et jaune et nue, si peu ressemblante aux histoires qu'on disait, aux récits de canne, aux légendes. Et tous prirent un air gêné, et quelques-uns retirèrent leur main, et celle qui avait parlé dit alors d'une voix qui se voulait consolante : Ça ne fait rien, ma toute douce, et telle même que tu es ça ne fait rien du tout, hélas Seigneur ; car où est l'oiseau qui a dit, je ressemble à mon chant ?... où est-il, je te le demande ?...

Et voici encore : comme Solitude tendait les bras alentour, hagarde, et puis soulevait avec effort la commisération de ses paupières, soulevait un voile qui se dressait par en dessous, un deuxième voile caché sous le premier, brusquement elle entra jusqu'à mi-corps dans la rivière à Goyaves, le buste soumis à la

caresse des grands arbres et les jambes et les reins et le
ventre se mouvant délicieusement dans la fraîcheur, au
milieu de laquelle de petits poissons, des algues…

Quand elle ouvrit les yeux, vers trois heures de
l'après-midi, des mains de femme la massaient, l'on-
doyaient d'une huile balsamique de Judée. Son ventre
était à nu, la chemise de nuit relevée jusqu'aux épaules.
Des poissons nageaient par-dessus les arbres, à même
le ciel absent, perdu, leurs écailles retenant vaguement
la lumière indécise du jour. Elle fut tout à coup sensible
à ce nouveau mystère : son corps sur la terrasse, et son
esprit gisant au fond de la rivière à Goyaves. Là-bas,
sur les hauteurs de la terre ferme, Toupie et Médélices
remuaient des doigts d'angoisse, elles semblaient
étouffer et de curieuses langues roses s'agitaient entre
leurs dents, leur donnant une expression de joie égarée,
bouffonne. Mais elles avaient beau distendre les
mâchoires, nul son n'atteignait les oreilles de la femme
Solitude, nul bruit appréciable. Et maintenant les
pauvres bouches se refermaient, les lèvres se gonflaient
de tristesse, insinuant à leur manière ce qu'il en était de
la terrasse Danglemont : la mort, la délivrance toute
proche. Soudain la masse liquide reflua et Solitude perçut les détonations, découvrit un coin de ciel blanc au-
dessus d'elle, droit et tendu comme une épée…
    Un peu plus tard, comme la créature avançait vers
les parapets, soutenue par ses compagnons, accrochée
à leurs cous et palpitante, la tête renversée en arrière,
inclinée comme une qui se noie, subitement une grande
lumière fut sur le monde et Solitude distingua l'éclair

des coups de feu, les boulets s'écrasant en gerbes roses, les enfants courant en tous sens sur la terrasse, les femmes qui faisaient des rondes et chantaient, leurs dents écumantes de joie, de nostalgie et de désespoir :

A Morne-à-l'Eau
A Morne-à-l'Eau
La lune a barré le soleil...

Elle fit quelques pas, atteignit un mur au-delà duquel filaient des champs de canne, des rangs graciles d'indigotiers, de hautes fougères au loin qui semblaient de cristal. Et, comme elle s'en étonnait, une gifle fantastique la jeta soudainement contre le parapet, encore tout illuminée par la splendeur des collines descendant vers la mer, la rade endormie au bas des pentes. Elle avait chu sur les genoux, son ventre ballant à même les cuisses, et les eaux se retirant lui découvrirent la négresse Toupie, la négresse Médélices et les trois Congos répandus sur le sol, tous membres déjetés, épars. Un filet de sable fin s'écoulait du pan de mur effondré. Portant une main sous sa chemise, elle s'assura que les liqueurs sur elle n'émanaient pas de ses entrailles. Alors une tendresse lui vint au bout des doigts et sa bouche proféra en songe : Encore un petit moment, pour la faveur de moi, pour la faveur. Elle demeura ainsi jusqu'à la fin, le cou bien droit, le ventre léger sur les cuisses, les fesses reposant gravement sur ses talons raidis. Là-haut, par-dessus la montagne, le ciel devenait aussi vaste que la mer où tout se fond, se confond, les herbes et les roches, les poissons, dans une même insignifiance. A un moment donné, une clameur déchirante couvrit le bruit des combats et, faisant tourner le cou sur ses épaules, elle s'aperçut que les insurgés se portaient de l'autre côté de la terrasse, vers une chapelle peinte qui surplombait l'Habitation proprement dite. Un flot continu de soldats blancs et noirs en déferlait, tous hurlant des chansons de France et tranchant de leurs baïonnettes dans la masse d'hommes et de femmes et d'enfants qui étaient un seul cri : *lan mô, lan mô, lan mô, vive lan mô*. Des pioches, des couperets, des instruments de cuisine heurtaient l'acier des baïonnettes, et les négresses envoyaient leurs ongles à la gorge des soldats, les enfants déboulaient entre leurs jambes, mordaient les pantalons des uniformes de la République, les mollets nus et sombres des gardes nationaux...

Un soldat aux cheveux blonds traversait la terrasse, les narines dilatées de fureur, la bouche emplie d'écume et d'une sorte de plainte ininterrompue. A chacun de ses pas, le plumet du shako tressautait comme la crête d'un coq. L'instant, sans nul doute, requérait une attention particulière. Et les yeux devenus pareils à deux lacs, Solitude saisit un fusil abandonné et en pointa le canon vers l'homme aux boucles jaunes. Comme elle forçait la détente, le grenadier de France parut s'élever dans les airs, en un tournoiement de roches et de lumière, de sang vermeil, de pensées miroitantes et désolées qui traversèrent vivement le ciel avant que retentît un vacarme énorme dans le ventre de Solitude : l'Habitation Danglemont venait de sauter tout entière, projetant dans le même espace les hommes blancs et les autres, dans le même enchantement d'azur, dans une même défaite...

10

Dès le premier jour, Delgrès, chef de l'insurrection, avait fait miner la terrasse et l'Habitation proprement dite, qui marquaient le territoire de l'ultime combat, le lieu de l'holocauste. Puis il avait annoncé son dessein à tous, afin que s'éloignent ceux qui pouvaient survivre à la liberté. A l'aube du 23 mai, blessé d'un éclat à la cuisse, il établit une traînée de poudre depuis la mine jusqu'à un canapé qui était dans l'ancienne maison de maîtres. Son aide de camp s'assit à côté de lui, entre eux fut mis un tas de poudre et l'on plaça un réchaud allumé près de la jambe droite de Delgrès, un autre près de la jambe gauche de Claude. Trois cents insurgés périrent dans l'explosion, ainsi que l'avant-garde de Richepance et une multitude de négresses et de négrillons. Les quelques survivants furent conduits en prison de Basse-Terre. Le capitaine Dauphin, retrouvé parmi les morts, horriblement mutilé mais vivant, fut pendu sur le cours Nolivos et son corps exposé sur la potence du morne Constantin. Grièvement blessée à la tempe, Solitude fut condamnée à mort mais non le fruit de son ventre, qui irait aux propriétaires de droit. Cette sentence passa inaperçue au milieu du flot de sang qui recouvrait la Guadeloupe. On coupait systématiquement toutes les têtes qui dépassaient : tous les esclaves qui s'étaient signalés dans la révolte, ou même dans la lutte contre les Anglais, autrefois, du temps où la liberté était du côté de la République. L'ancienne classe des mulâtres fut entièrement détruite. Pris de frénésie, les Blancs s'attaquaient à leur propre patrimoine, et tous les jours, des files de cultivateurs solides, dont chacun valait jusqu'à deux mille livres, s'en allaient à pied se faire pendre au cours Nolivos. Trois mille furent jetés sur les rochers des Saintes d'où s'élevait un hurlement de jour et de nuit. Les survivants des Saintes furent entassés sur des barcasses et vendus dans les îles du Golfe, certains dans les possessions espagnoles de la Terre Ferme. Ceux qu'on ne put vendre furent déposés sur les côtes sauvages de Brésil. Les six cents Gardes noirs tirés des cales, et qui avaient fait basculer le sort des armes, ne furent guère épargnés : ils avaient porté le fusil, on les transféra hâtivement au bagne de Brest. A ce sujet, une parole courut dans les Habitations, parmi ceux qui avaient pu reprendre le joug : Le Blanc est pareil à Dieu, de quelque façon qu'on en use avec lui... il tue.

Solitude fut exécutée au lendemain de sa délivrance, le 29 novembre 1802.

Selon le notaire Vigneaux, venu tout exprès de Marie-Galante, une foule considérable assista au supplice, nombre de curieux s'étant déplacés de fort loin, – certains depuis les îles anglaises où la chose fit figure d'événement. Tirées des geôles et disposées en cortège, les victimes une à une franchirent la poterne du fort, anciennement Saint-Charles, et qui répondait maintenant au nom de Richepance. Un chant léger, des paroles incrédules, narquoises, saluèrent l'apparition de la femme Solitude. Dernière à venir de la file, entourée de quatre chevau-légers d'Empire, s'avançait une petite vieille toute grise et d'allure effacée, avec des yeux qui erraient en tous sens, papillotaient, semblaient désireux de voir sans qu'on les vît. Elle était vêtue d'une chemise de nuit créole, une longue cotonnade verte à fleurs, soutachée de roses, dont les lambeaux retombaient autour d'un corps inexistant. Sous les touffes grises, son front étroit se dressait comme un os et toutes les arêtes de son visage étaient nues, traçaient des lignes distinctes. Et, précise M. Vigneaux, à chacun de ses pas elle soulevait son genou très haut, ce qui produisait, dit-il, une désarticulation du plus étrange effet…

Déshabituée du jour, elle s'émerveillait à la lumière de l'aube, à ce singulier soleil rouge et vif et gai qui se levait sur les derniers instants de sa vie. Les chevaux, les uniformes étincelaient à cette lumière, et les façades jaunes, les balcons, les trottoirs grouillaient de personnes venues pour la voir mourir. Toutes choses étaient revêtues d'un voile précieux, entourées d'une lueur fragile et belle comme les reflets de la lumière sur les eaux de la rivière à Goyaves. Les corps vivants eux-mêmes semblaient pris dans cette soie transparente, enveloppés d'une lueur périssable et douce. Peut-être les humains étaient-ils aussi des reflets, de ces lumières qui chatoient et voici, elles s'enfoncent dans les eaux de la rivière à Goyaves. Çà et là, des vivants portaient de longues robes à traîne, enrubannées de taffetas et de velours, et certains jeunes hommes blancs arboraient des chapeaux, des cravates jamais vues dans l'île, de très remarquables culottes de peau lisse. Sur son passage, les personnes à la mode poussaient des cris, lançaient de molles pommes-cannelle qui venaient à sa chemise de nuit, y répandaient une odeur ancienne. Cependant, toutes les lanceuses de pommes-cannelle n'étaient pas à la mode, et certaines personnes vêtues à la mode ne lançaient rien, ne criaient pas même sur son corps vivant, se contentaient seulement de la voir, observa Solitude avec intérêt. De temps en temps, aussi à intervalles réguliers, apparaissaient des ateliers entiers de nègres des champs, silencieux et raidis comme pour leur propre supplice. Il y avait parmi eux des reflets noirs, d'autres plus clairs, d'autres intermédiaires sur les eaux communes. Et toutes sortes de bouches et de nez, de fronts pensifs, de lourdes paupières écrasées qui se posaient sur la rétine de Solitude, y demeuraient inscrits à tout jamais. Soudain toutes visions disparurent et une ruelle ouvrit sur le port, avec ses magasins à sucre, ses gommiers et barcasses à quai, et les goélettes au loin qui se dressaient contre le bleu du ciel, attendant on ne sait quel envol. Des manèges étaient tout le long du front de mer, sur le chemin du supplice, de rieuses balançoires d'enfants, de nombreuses tonnelles où se faisait commerce de meringues, de gâteaux moussache, de petits pâtés de volaille tout chauds. Il y avait un petit air de fête, un parfum léger, c'était comme aux beaux jours de la République, sur la place de la Victoire, quand on allait voir tomber le couteau de la guillotine. C'était comme, c'était comme que comme, c'était tout bonnement comme, se dit-elle décontenancée ; et, sur le bord usé de ses lèvres, s'étira un bref instant l'ombre d'un sourire noirâtre et doux.

Plus loin, aux approches du cours Nolivos, s'élevèrent tout à coup, dans le ciel, entre les frais ombrages des tamariniers, les fourches patibulaires encore ornées des cadavres de la veille. Des cris, des commandements retentirent et le cortège ralentit sa course, s'arrêta près d'une fontaine à tourniquet. Elle se souvint alors de certaines rumeurs de basse-fosse ; c'était là, disait-on, à ce point du parcours, à la hauteur même de la fontaine que tombaient de leur haut ceux qui n'en pouvaient plus. Ainsi était née l'idée d'une halte, d'une station consolante à la fontaine, où les nègres morts buvaient, s'égayaient, s'aspergeaient d'eau, lançaient un ultime défi, un sarcasme, et puis s'en allaient d'un meilleur pas vers l'autre monde. Comme elle se penchait vers l'eau, son tour enfin venu, une frêle tige tomba aux pieds de la femme Solitude. C'était une herbe dite de l'enfant Jésus et que l'on remet par brasses odorantes, agrémentées de pointes mauves, aux nouvelles accouchées. Soulevant des yeux pleins de larmes, elle se demanda d'où lui venait l'offrande, qui diable avait eu cette gracieuse pensée, à son égard. Les premiers rangs de curieux se composaient uniquement de personnes blanches. Mais au milieu de la foule, et comme dressée sur ses ergots, une énorme négresse à madras pervenche la fixait de ses petits yeux ronds, étincelants de haine, semblait-il. Et maintenant des pleurs nombreux coulaient aux joues de la personne à madras, ses traits se décomposaient, semblaient se libérer de toutes amarres cependant qu'elle fronçait les lèvres, désespérément, comme pour dire chut à Solitude, chut, chut… Alors, détournant son regard du beau madras, elle contempla le parterre des Blancs et prononça très distinctement, en un excellent français de France, dit-on, qui surprit toute l'assistance : « Il paraît qu'on ne doit jamais dire : *Fontaine, je ne boirai de ton eau…* «

Et, renversant la tête en arrière, laissant aller les

globes somptueux de ses yeux – faits tout bonnement par le Seigneur, dit une légende, pour refléter les astres – elle éclata en un curieux rire de gorge, un roucoulement léger, entraînant, à peine voilé de mélancolie ; une sorte de chant très doux et sur lequel s'achèvent toutes les histoires, ordinairement, tous les récits de veillée, tous les contes relatifs à la femme Solitude de Guadeloupe...

Épilogue

*Depuis quelques années, une route vicinale s'élève
avec grâce vers les hauts Matouba. Demain, le tou-
risme aidant, cette route atteindra les bords mêmes du
volcan, effleurera de sa caresse les lèvres chaudes de
la caldeira. Venu de la Basse-Terre, au travers de cent
résidences fleuries, le voyageur s'arrêtera à deux ou
trois lancers de pierre de l'actuel village du Matouba.
Sur la gauche, un portail marque l'entrée d'une terre
à bananes, un gardien s'y tient coi dans une manière
de guérite : une petite plaque signale qu'un certain
commandant Delgrès est mort de l'autre côté des
grilles. Les gardiens de bananeraies sont des êtres
pleins de mansuétude. Ils savent que le péril leur vient
du ciel, et c'est pourquoi ils regardent les hommes d'un
œil clair, paré de sérénité, familier des hauteurs où pla-
nent les oiseaux. Si l'étranger insiste, on l'autorisera à
visiter les restes de l'ancienne Habitation Danglemont.
Le gardien fera un geste, et, comme par une magie,
surgira de l'ombre un nègre des champs tout dépe-
naillé, qui ouvrira de grands yeux incertains sur l'ama-
teur de vieilles pierres. Ils s'en iront tous deux,
l'homme venu d'ailleurs et celui-ci, ils marcheront*

155

longtemps au milieu de courts troncs échevelés, arrive-
ront à un coteau dominant la mer et les îles voisines,
Martinique, Désirade, Montserrat, toutes également
surmontées d'un volcan. Ils iront et reviendront sur
leurs pas, ils iront et soudain ce sera un pan de mur à
hauteur de genou, un remblai d'où percent des éclats,
des fragments aux arêtes d'os. Une, deux guêpes scin-
tilleront à l'entour, se figeront dans l'air immobile :
les oiseaux-mouches aiment l'écartement de ce lieu, la
senteur des fleurs lourdes et penchées de la banane.
Ressentant un léger goût de cendre, l'étranger fera
quelques pas au hasard, tracera des cercles de plus en
plus grands autour du lieu de l'Habitation. Çà et là,
sous de larges feuilles mortes, dorment encore des
moellons projetés au loin par l'explosion et déterrés,
enterrés à nouveau et redéterrés par la houe innocente
des cultivateurs : il heurtera l'un d'eux du pied. Alors,
s'il tient à saluer une mémoire, il emplira l'espace
environnant de son imagination ; et, si le sort lui est
favorable, toutes sortes de figures humaines se dresse-
ront autour de lui, comme font encore, dit-on, sous les
yeux d'autres voyageurs, les fantômes qui errent parmi
les ruines humiliées du Ghetto de Varsovie.

Notes

Indications bibliographiques : L. V. Thomas, *Les Diolas,*
Institut français d'Afrique noire, Dakar, t. I, 1958, t. 2, 1959 ;
L. V. Thomas, *Cinq Essais sur la mort africaine,* Université
de Dakar, 1968 ; *Textes sacrés d'Afrique noire,* choisis et pré-
sentés par Germaine Dieterlen, Gallimard, Paris, 1958 ; *Présence africaine,* n° 14-15, juin-sept. 1957 ; Doré Ogrizek,
L'Afrique noire, Éditions Odé, Paris, 1955 ; Élian. J. Finbert,
Le Livre de la sagesse nègre, Laffont, Paris, 1955 ; Joseph
Esser, *Matuli,* Éditions et Ateliers d'Art graphique, Bruxelles,
1955 ; Yvan Debbasch, *Le Marronnage. Essai sur la déser-
tion de l'esclave antillais,* L'Année sociologique, I, 1961.
Le Marron, 2, 1962, *La Société coloniale contre le marronnage ;* Alfred Métraux, *Le Vaudou haïtien,* Gallimard, Paris,
1958 ; Victor Schoelcher, *Esclavage et Colonisation,* Presses
universitaires de France, Paris, 1948 ; Zagaya, *Proverbes
créoles en Guadeloupe,* Madrid, 1965 ; J.-M. Lacour, *Histoire
de la Guadeloupe,* Basse-Terre, 1856 ; Oruno Lara, *Histoire de la Guadeloupe,* Paris, 1921 ; Henri Bangou, *Histoire
de la Guadeloupe,* 1960 ; *Les Afro-Américains,* Mémoires de
l'Institut français d'Afrique noire, Dakar, 1953.

Ce livre est le premier d'un cycle
qui se déroule de 1760 à 1953.
Le volume précédent publié sous le titre
Un plat de porc aux bananes vertes,
sous la signature de Simone et André Schwarz-Bart,
constitue comme le prélude ou l'introduction à ce cycle.

Table